Gemeinsam mit ihrem Ehemann und ihrem Vater verbringt die Literaturwissenschaftlerin Puck die Weihnachtsfeiertage bei ihrem Onkel und seiner aufgeweckten, aber auch etwas altklugen elfjährigen Tochter Lotta. Während draußen die Schneeflocken auf das beschauliche Dörfchen Västlinge rieseln, feiern sie den Heiligen Abend. Lotta bekommt ein Katzenjunges geschenkt, die warmherzige Haushälterin versorgt die Familie mit Leckereien – die Idylle könnte perfekter nicht sein. Bis die Nachbarin völlig aufgelöst hereinschneit. Ihr Mann ist verschwunden. Gemeinsam begibt man sich auf die Suche, und schon bald ist klar: Ein Mörder ist unterwegs im beschaulichen Örtchen …

MARIA LANG (1914-1991, eigentlich Dagmar Maria Lange) gilt als erste Krimikönigin Schwedens. 1949 debütierte sie mit »Nicht nur der Mörder lügt«, danach veröffentlichte sie bis 1990 jedes Jahr ein weiteres Buch, insgesamt 42. 2013 wurden einige ihrer Krimis in Schweden neu verfilmt, darunter auch »Tragödie auf einem Landfriedhof«.

Maria Lang

Tragödie auf einem Landfriedhof

Kriminalroman

*Aus dem Schwedischen
von Stefan Pluschkat*

btb

MITWIRKENDE

Puck und Einar Bure

Johannes M. Ekstedt, gelehrter Professor aus Uppsala

Tord Ekstedt, dessen jüngerer Bruder und Pfarrer von Västlinge und Kila

Lotta Ekstedt, eine Elfjährige mit lebhafter Fantasie

Hjördis Holm, vorbildliche Pfarrhaushälterin

Arne Sandell, Besitzer eines Gemischtwarenladens, eines Autos und eines sonnigen Gemüts (wenigstens zu Lebzeiten)

Barbara Sandell, seine sehr blonde Gattin

Frideborg Janson, überaus heiratslustiges Gemeindemitglied

Connie Lundgren, jähzorniger Verkäufer und stellvertretender Küster

Tekla Motander, willensstarke Direktorenwitwe

Susann Motander, deren (in gewissem Rahmen) fügsame Tochter

Mårten Gustafsson, ein rothaariger und -bärtiger junger Mann mit Motorrad

Christer Wijk

ERSTES KAPITEL

Das Pfarrhaus von Västlinge lag im Schatten der von einem kleinen Friedhof umgebenen Kirche. Von Tords Arbeitszimmer in der oberen Etage aus ließ ich meinen Blick über die Reihen von Gräbern, Kreuzen und Grabsteinen schweifen; dahinter, zwischen den schwarzen Zweigen der Bäume, konnte man hier und dort das mächtige graue Kirchengemäuer erahnen. An jenem wolkenverhangenen Dezembertag mutete alles trüb und tot und beklemmend an. Nur ein Motorrad, das mit voll geöffneter Drosselklappe über die Landstraße bretterte, und der Rauch aus dem Schornstein eines weißen Wohnhauses auf der anderen Straßenseite durchbrachen die Stille und Eintönigkeit der kargen Flachlandschaft.

Fröstelnd überlegte ich, wie es sich anfühlen mochte, tagein, tagaus, Jahr um Jahr an diesem Ort zu leben, und wandte mich dann vom Fenster ab, um meinen Onkel zu mustern.

Tord Ekstedt war achtundvierzig Jahre alt, hatte graue Augen, ein verschmitztes Lächeln, und sein dunkles Haar changierte an den Schläfen allmählich ins Weiße. Wäre er nicht so hager und schlaksig und sein scharf geschnittenes, asketisches Gesicht nicht so blass gewesen, hätte man ihn durchaus für gutaussehend halten können. Trotzdem war ich versucht zu behaupten, dass mein Vater mit seinen sechzig Jahren, dem silbergrauen Haar und dem professoralen Auftreten jünger und vitaler wirkte.

In diesem Augenblick befanden sich die beiden Brüder in einem halb ernst, halb scherzhaft gemeinten Streitgespräch, und ich horchte auf, als Tord mit für ihn ungewöhnlichem Nachdruck erklärte:

»Nein. Ich gedenke keineswegs, wieder zu heiraten. Ich bin die letzten zwei Jahre allein gewesen und damit gut klargekommen. Außerdem solltest du doch der Letzte sein, der vom Segen einer zweiten Ehe predigt, lieber Johannes! Irre ich mich oder bist du nicht seit mittlerweile achtzehn Jahren Witwer? Allzu sehr scheinst du unter deinem Junggesellendasein also nicht zu leiden.«

»Das«, entgegnete Professor Johannes M. Ekstedt, »ist doch etwas völlig anderes. Du bist nicht irgendein Privatmann, sondern verantwortlich für zwei Pfarreien und Herr über dieses herrliche Pfarrhaus – außerdem musst du an Lotta denken. So wie ich das sehe, braucht ein elfjähriges Mädchen ohne Mutter in einer solchen Umgebung jemand, der sich ordentlich um sie kümmert.«

Mit einer kaum merklichen Geste bedeutete Vater, dass er mit »einer solchen Umgebung« das imposante Pfarrhaus mitsamt seiner düsteren Umgebung meinte.

Einige Augenblicke saß Tord schweigend da. Als er sich dann äußerte, waren seine Worte mit Bedacht gewählt, dennoch verriet sein Tonfall, wie sehr ihn dieses Thema aufwühlte.

»Lotta fehlt es an nichts, das versichere ich dir. Das Jahr nach Gudruns Tod war nicht leicht für sie, aber jetzt haben wir zum Glück eine patente Haushälterin gefunden. Hjördis Holm kümmert sich ausgezeichnet um sie, und Lotta hat sie sehr ins Herz geschlossen. Dass Lotta ein wenig altklug und verschlossen ist und die meiste Zeit in ihrer Fantasiewelt lebt, dagegen kann man nichts tun. So war sie übrigens schon, als Gudrun noch lebte.«

Vater antwortete nur mit einem vieldeutigen »Hm«. Weil das Gespräch danach immer wieder ins Stocken geriet und ich mir überlegte, dass es womöglich wieder in die Gänge käme, wenn ich die Brüder unter sich ließe, zog ich mich diskret zurück und ging meine kleine Cousine suchen.

Sie war nicht in ihrem Zimmer und auch sonst nirgendwo in der geräumigen oberen Etage. Also stieg ich die mit Teppich belegte Treppe in der Mitte des Hauses hinunter, zögerte einen Moment und öffnete dann die Tür zu einem der größten und behaglichsten Zimmer, die ich je gesehen habe. Der Salon, wie es genannt wurde, erstreckte sich über die gesamte Längsseite des Hauses, hatte hohe, in drei Himmelsrichtungen hinausgehende Fenster und mutete sogar an einem ungemütlichen Wintertag wie diesem hell und heimelig an. Mit ihrem so unkonventionellen wie untrüglichen Geschmack hatte meine Tante das imposante Zimmer mit einer Mischung aus Erbstücken, vor allem antiken Sekretären und Sofas, sowie modernen, zweckdienlichen Sesseln und Chaiselongues ausgestattet. In einer Ecke stand ein großer Weihnachtsbaum; so frisch geschlagen, dass er noch immer einen frischen, belebenden Tannenduft verströmte.

In einer anderen Ecke des Salons entdeckte ich die Person, nach der ich gesucht hatte.

Sie hockte auf einem blau gemusterten Flickenteppich, die dünnen Beine unter ihrem ebenso mageren Körper zum Schneidersitz gekreuzt. Das Gesicht, das sie mir zuwandte, schien nur aus Augen und windzerzausten dunkelblonden Haaren zu bestehen. Als sie mich erblickte, hellte sich ihre Miene auf.

»Ich hab Eje geholfen, ein Geschenk für dich einzupacken«, verkündete sie stolz. »Rat mal, was es ist!«

Ich vergegenwärtigte mir den Pragmatismus meines Mannes und tippte dann der Reihe nach auf ein Nachthemd aus Nylon, eine Flasche Badesalz oder einen Toaster. Lotta grinste breit, und die kindliche Freude an ihrem Geheimnis war geradezu ansteckend.

»Es ist so schön, dass du, Eje und Onkel Johannes hergekommen seid, um mit uns Weihnachten zu feiern«, sagte sie vergnügt. »Es ist viel weihnachtlicher, wenn viele Leute beisammen sind, findest du nicht?«

Ich setzte mich auf den nächstbesten Hocker. Auf dem niedrigen Tisch vor uns weideten einige weißwollige Lämmer in lichtem, leuchtend grünem Gras. Die Hirten hatten sie vorübergehend ihrem Schicksal überlassen, um Maria und dem Jesuskind in der Krippe ihre Aufwartung zu machen. Von der rechten Seite näherten sich zwei Weise in bunten, orientalischen Gewändern. Der Dritte im Bunde, der ziemlich ausgebleicht und altersschwach wirkte, baumelte zwischen Lottas Zeigefinger und Daumen. Sie besah ihn sich gründlich und bemerkte dann kritisch und liebevoll zugleich:

»Armer Melchior! Lange wird er es nicht mehr machen. Sein Kopf fällt bald ab. Und ohne Kopf kann man kaum leben, nicht?«

Achtsam stellte sie ihn zurück und blickte mich dann aus ihren grauen Augen an.

»Heiligabend!«, sagte sie nachdenklich. »So ein dummes Wort! Heiliger Vormittag würde viel besser passen. Mir fällt nämlich kein anderer Tag ein, der so sehr Vormittag ist, wenn du verstehst, was ich meine. Immer, wenn man auf die Uhr schaut, ist es zwölf, und es dauert noch eine Ewigkeit bis zum *Abend*.«

Dem konnte ich nicht widersprechen. Västlinge schlummerte in so tiefer Stille und weihnachtlichem Frieden, dass man tatsächlich meinen konnte, die Zeit stünde still.

Lotta rückte ein Stückchen näher und verschränkte die Arme vor dem Latz ihres Trägerkleids.

»Erzähl mir was, Puck«, bettelte sie. »Von einem spannenden Buch oder davon, wie du Eje kennengelernt hast… Nein, jetzt weiß ich! Erzähl mir vom Fliegen. Wenn ich groß bin, werde ich nämlich Stewardess. Mama hat gesagt, ich darf das nicht, aber jetzt, wo sie sich keine Sorgen mehr um mich machen muss, da werde ich es doch. Und dann fliege ich bis nach Damaskus und Hollywood und Jerusalem und Samarkand und komme mindestens fünfzehn Jahre nicht nach Västlinge zurück.«

»Und was wird aus deinem Vater? Soll er denn ganz allein hierbleiben?«

Sie verzog ihr Gesicht zu einer putzigen und schwer zu deutenden Grimasse.

»Ach, der kommt schon zurecht. Es gibt auch genug, die sich *sooo gerne* um ihn kümmern würden.«

Also sog ich mir die packende Schilderung einer an und für sich recht unspektakulären Flugreise aus den Fingern und studierte dabei meine elfjährige Cousine und Zuhörerin. Schon zu Gudruns Lebzeiten war mir Lotta ein bisschen eigen und auf dem großen Pfarrhof schrecklich einsam vorgekommen; seit der Beerdigung waren zwei Jahre verstrichen, und Lottas Frühreife und Einsamkeit schienen sich noch verstärkt zu haben. Wie ein kleiner, großäugiger, wenn auch sehr schmaler Buddha saß sie zu meinen Füßen, weckte meine Neugier und meinen Mutterinstinkt. Gleichzeitig überfiel mich das sonderbare Gefühl, sie sei die Ältere und Erfahrenere von uns beiden.

Ziemlich abrupt beendete ich meine Flugreportage und wechselte das Thema, um das grüblerische Mädchen besser kennenzulernen.

»Wie vertreibst du dir eigentlich die Zeit, wenn du nicht zur Schule musst? Wohnen ein paar deiner Schulfreunde in der Nachbarschaft?«

»Nein«, sagte sie gleichgültig. »Um die Kirche herum gibt es ja nur drei Höfe… außer dem Pfarrhof, meine ich. Aber weder Küster Lundgren noch die Sandells haben Kinder. Und Susann Motander ist uralt, mindestens schon zwanzig. Und sterbenslangweilig ist sie auch… Da spiele ich lieber allein. Oder lese. Papas Bücher sind allerdings zu nichts zu gebrauchen. Die handeln nur von Predigten, Bischöfen, Missionaren und so Zeug.«

Plötzlich kam Leben in ihr schmales Gesicht, und sie platzte heraus: »Dafür darf ich mir jedes Buch aus Barbaras Bücherregal leihen. *Sie* hat die wunderbarsten Bücher, sag ich dir. *Vom Winde verweht* und *Rebecca* und *Der Scheich* ... Hast du *Der Scheich* gelesen?«

So unangenehm es mir auch war, ich hatte das Buch in der Tat gelesen. Doch im Augenblick war ich mehr an jener Frau interessiert, die ihre Liebesromane so freigebig an eine minderjährige Pfarrerstochter verlieh. Und Lotta ließ sich nicht zweimal bitten, mir von Barbara Sandell zu erzählen.

»Oh, sie ist bezaubernd, wirklich. Und wunderschön. So etwas Schönes hab ich noch nie gesehen. Findet Papa auch, das weiß ich. Wenn sie in der Nähe ist, lässt er sie kaum aus den Augen, und Susann platzt dann fast vor Eifersucht. Genau wie Tante Frideborg, na ja, kein Wunder, so wie die aussieht! Aber Barbara kümmert es nicht, dass sie einschnappen. Sie ist immer fröhlich und vergnügt.«

»Und wie alt ist sie?«

Lotta runzelte die Stirn.

»Ja, wie alt wurde sie noch gleich? Sie hatte nämlich im Oktober Geburtstag ... Es gab ein riesiges Fest, und Papa kam erst mitten in der Nacht nach Hause. Dreißig, glaube ich. Jedenfalls ist sie jünger als Arne, denn der –«

»Und wer ist Arne?«

»Na, Arne Sandell. Mit dem ist Barbara doch verheiratet. Ihm gehört die Gemischtwarenhandlung gegenüber der Kirche. Und er fährt ein Auto. Ich meine ... wenn man nach Kila oder in die Stadt möchte, dann ruft man Arne an, und der fährt einen. Aber billig ist das nicht – zumindest nicht, wenn man bis nach Västerås muss.«

Mit einem Nicken gab ich Lotta zu verstehen, nun ein klareres Bild von Barbara Sandell vor Augen zu haben. Die schöne Barbara mit den wunderbaren Liebesromanen war also mit dem Gemischtwarenhändler und Taxifahrer der Gemeinde Västlinge verheiratet; das klang wenig romantisch, und ich hegte den Verdacht, dass es einen Grund für ihr Interesse an *Vom Winde verweht* und *Der Scheich* gab.

Lotta war offenbar der gleichen Meinung.

»Hoffentlich werde ich einmal so richtig hübsch«, seufzte sie sehnsüchtig. »Manchmal wünsche ich mir, ich würde so aussehen wie du, wenn ich groß bin: klein, mit kurz geschnittenem pechschwarzem Haar und… schick. Doch am allerliebsten möchte ich aussehen wie Barbara. Allerdings würde ich dann keinen Arne heiraten und auf dem Land versauern. Nein, die ganze Welt würde ich bereisen, und verlieben würde ich mich in einen Herzog oder einen Millionär oder einen Professor oder einen…«

Anstatt in Erfahrung zu bringen, was ein Professor in dieser illustren Gesellschaft verloren hatte, fragte ich: »Was ist denn verkehrt an Arne Sandell?«

»Na, ich sag ja nicht, dass er verkehrt ist. Er hat Locken, er lacht immer, und alle finden ihn schrecklich nett, aber ich will keinen Mann mit einem dicken Bauch, der hinter einem Tresen steht und Heringe oder Fleisch abwiegt. Schau, du würdest Eje doch auch nicht mehr lieben, wenn er einen dicken Bauch bekäme. Und ganz sicher willst du nicht in Västlinge wohnen. Stimmt's?«

»Was für ungeheuerliche Gewissensfragen!«

Wir zuckten beide zusammen, als Einars Stimme hinter uns erklang.

»Ich warne dich, Puck. Wenn du mich verlassen willst, sobald ich einen Bauch ansetze, dann können wir ebenso gut gleich kurzen Prozess machen.«

Nachdem mich ein rascher Blick davon überzeugt hatte, dass Einar noch weit von einem Bauchansatz entfernt war, gelang es mir, glaubhaft zu beteuern, nicht seine äußere, sondern seine innere Schönheit zu lieben. Lotta kicherte, und ihre Augen wurden um mehrere Millimeter größer, als Einar mir konspirativ zuflüsterte, Fräulein Holm wolle mich sehen, um mir »Lottas Weihnachtsgeschenk zu zeigen«. Im Hinausgehen schnappte ich noch auf, wie die verzückte Lotta aus Einar herauszuquetschen versuchte, worum es sich bei dem Geschenk handelte.

In der weiß gestrichenen Küche fand ich Tords perfekte Haushälterin, die sich gerade um die Zubereitung des Mittagessens kümmerte. Ich schätzte Hjördis Holm auf ungefähr vierzig. Sie war schlank, dennoch kräftig, trug ihr glattes schwarzbraunes Haar auf altmodische Weise in einem Zopf um den Kopf gelegt, und die geraden Brauen und ungeschminkten schmalen Lippen verliehen ihrem Gesicht einen ernsthaften, ja, nahezu schwermütigen Ausdruck. Das Ansprechendste an ihr waren die Augen: ein helles Blau, so klar, dass ich mir einbildete, durch sie hindurchblicken zu können. Die Art, wie sie der schläfrigen Küchenhilfe Anweisungen gab, zeugte von einem besonnenen, ruhigen und äußerst pragmatischen Charakter.

Durch einen fensterlosen Serviergang führte sie mich in ihr eigenes Zimmer, und während wir uns mit Lottas Weihnachtsgeschenk beschäftigten, erkundigte ich mich, ob sie sich in Västlinge wohlfühle.

»Sie kommen aus dem Norden, nicht wahr? Oder deute ich Ihren Dialekt falsch?«

Sie warf mir einen kurzen und amüsierten Blick zu.

»Oh! Hört man das so deutlich? Es stimmt, ich stamme aus Jämtland. Aber meine Eltern starben, und unser Hof wurde verkauft, es gab also nichts, was mich dort hielt. Außerdem gefällt es mir in Västlinge sehr gut. Sicher, es kann manchmal etwas einsam sein, aber ins Pfarrhaus und zur Kirche kommen die Leute oft. Und Arbeit gibt es auch genug, langweilen tue ich mich nie. Außerdem habe ich Lotta richtig lieb gewonnen.«

Dann, womöglich weil sie das Gefühl hatte, es fehle noch etwas, fügte sie etwas steif hinzu: »Und der Pfarrer ist sehr sympathisch.«

Danach entschuldigte sie sich und eilte zurück in die Küche. Ich ging hinauf in das Gästezimmer, das Einar und ich bezogen hatten, und widmete mich dem hoffnungslosen Unterfangen, einen hübschen roten Ball so in Geschenkpapier einzuwickeln, dass man nicht sofort erkannte, was sich in dem Päckchen befand. Dabei befiel mich – so wie Lotta – das Gefühl, die Zeit wäre aus den Fugen geraten.

Aber irgendwann wurde es natürlich trotzdem Nachmittag. Vorher hatten wir zu Mittag gegessen, und alle lobten die hausgemachte Presssülze und den Weihnachtsschinken. Die darauffolgenden Stunden hatten

Lotta und ich mit Klavierspielen totgeschlagen – zwei- und vierhändig. Um halb vier kam Tord vom Weihnachtsgottesdienst im örtlichen Altenheim zurück, doch es dauerte nicht lange, da streifte er schon wieder seinen Mantel über und eilte in die Dezemberdunkelheit hinaus, um noch einige Krankenbesuche zu absolvieren. Doch weil er einsah, dass zumindest seine Tochter und seine Nichte dringend nach Beschäftigung verlangten, verkündete er vorher, bei der abendlichen Bescherung dürfe kein einziges Päckchen unter dem Baum, das nicht mit einem kleinen Gedicht versehen sei. Das Gedicht solle dem Beschenkten einen Hinweis darauf geben, was sich in seinem Päckchen verbarg. Hjördis Holm erhob auf der Stelle Einspruch. Erstens bringe sie keinen Vers zustande und zweitens habe sie auch so schon genug um die Ohren. Doch uns anderen versetzte Tords Erlass in eine fieberhafte Geschäftigkeit. Wir zogen uns zurück – Papa, Lotta und ich auf unsere Zimmer, Einar in Tords Büro –, um ausgiebig, ehrgeizig und stöhnend zu grübeln und zu reimen. Erst um kurz vor sechs hatte ich mein Werk vollendet. Ich frisierte mich hastig und schlüpfte in mein neues honiggelbes Wollkleid. Um Punkt sechs ertönte ein Gong, und der Höhepunkt des Heiligabends stand endlich bevor.

Unten im Salon hüpfte Lotta, in einem blauen Samtkleid und mit blauen Schleifen im Haar, um ihren Vater herum und berichtete ihm, eine gewisse Tante Frideborg habe drei rosa Hyazinthen vorbeigebracht. Tord wiederum steckte mit Einars Hilfe die letzten Kerzen am Christbaum an, und sogar Hjördis Holm, die in ihrem schwarzen, an Kragen und Ärmeln mit weißer Spitze verzierten Kleid sehr adrett aussah, schien aufgeregt und erwartungsfroh.

Schließlich setzte sich alles um die Krippe herum. Tord nahm seine Bibel zur Hand und las mit ruhiger, ernster Stimme das Weihnachtsevangelium.

»Ehre sei Gott in der Höhe und Friede auf Erden und den Menschen ein Wohlgefallen.«

Abgesehen von den zahlreichen Kerzen, die ab und an sachte aufflackerten, herrschte eine wunderbare Stille. Ich betrachtete die zwei mir liebsten Menschen, und mein Herz war voller Dankbarkeit, ein weiteres Weihnachtsfest mit ihnen erleben zu dürfen. Noch lange nachdem Tords warme Stimme verklungen war, saßen wir wort- und reglos da.

Schließlich murmelte Vater bedächtig: »Friede auf Erden…« Es klang wie ein Seufzer und ein Gebet zugleich.

Anschließend richtete Tord sich auf und beendete damit die andächtige Stimmung.

Zwei Stunden später bot der Salon ein gänzlich anderes Bild. Der Kerzenschein war dem Licht elektrischer Lampen gewichen, auf dem Boden standen zwei Wäschekörbe, randvoll mit Geschenkpapier und unseren zerknüllten, mehr oder weniger poetischen Ergüssen, und mit Ausnahme von Hjördis Holm, die sich in der Küche um den Milchreis kümmerte, widmete sich jeder mit kindlicher Hingabe seinen Geschenken. Vor einem hohen antiken Spiegel probierte Einar meinen gerippten Pullunder an und bemerkte zufrieden, er passe wie angegossen und habe dasselbe Braun wie sein Anzug. Tord hatte sich Lottas liebevoll gestrickten Schal umgewickelt, und Vater blätterte enthusiastisch in seinen *Studien zur assyrisch-babylonischen Chronologie und Geschichte auf Grund neuer Funde*, die wir zufällig in einem winzigen Antiquariat in Paris aufgestöbert hatten. Ansonsten war es schwierig zu sagen, wer glücklicher war, Lotta oder ich. Trotz der im Zimmer herrschenden Wärme weigerte ich mich standhaft, den Nerzmantel wieder auszuziehen, mit dem Eje und Vater mich überrascht und sprachlos gemacht hatten. Lottas Lieblingsgeschenk – das den ganzen Tag in Fräulein Holms Zimmer eingesperrt gewesen war – hatte deutlich weniger gekostet, würde aber sehr wahrscheinlich umso inniger geliebt werden. Es handelte sich um das niedlichste und flauschigste weiße Kätzchen, das man sich denken konnte. Obendrein war es namhafter Abstammung, denn seine Mutter war keine Geringere als Thutmosis III., Vaters heilige ägyptische Katze, die damit ihrem maskulinen Namen getrotzt und den Beweis erbracht hatte, kein Kater zu sein. Und weil das Kätzchen so ausgesprochen hübsch war, war es gleich auf den Namen Nofretete getauft worden. Nun saß Lotta auf einem Kissen unter dem Christbaum und beobachtete mit funkelnden Augen, wie ihre Nofretete mit der winzigsten rosafarbenen Zunge von ganz Västlinge Sahne aus einer Untertasse schleckte.

Die Heiligabendidylle schien vollkommen – bis es an der Haustür klingelte.

Es war ein langes, irgendwie forderndes Klingeln, und einen Moment lang sahen wir einander verdutzt an.

Tord warf einen raschen Blick auf die Uhr und murrte,

beinah argwöhnisch: »Um halb neun... am Heiligen Abend?«

In der Tür, die ins Esszimmer führte, erschien Hjördis Holm, die nun weniger patent, sondern eher ungehalten und unsicher wirkte.

»Was...? Wer kann das sein? Sollen wir... aufmachen?«

Aber diese Frage hatte Lotta bereits beantwortet. Sie flitzte in den Flur, und im nächsten Augenblick hörten wir, wie sie an der Haustür mit jemandem sprach. Als sie zurückkehrte, rief sie aufgeregt: »Es ist Barbara! Sie... sie will mit dir sprechen, Papa.«

Ich glaube, ich werde mich an Barbara Sandell stets so erinnern, wie sie damals in unseren vom weihnachtlichen Tohuwabohu erfüllten Salon trat.

Sie trug keine Kopfbedeckung, und ihr halblanges blondes Haar hob sich wirkungsvoll von ihrem roten Ulster ab. Lotta hatte sie als ausgesprochen schön beschrieben, eine Meinung, die ich nicht unbedingt zu teilen bereit war. Dennoch begriff ich augenblicklich, dass sie mit ihren ansehnlichen Proportionen, dem blonden Haar und ihrem freundlichen, lebhaften Gesicht große Wirkung auf die Herren der Schöpfung ausüben musste. Mein Verdacht wurde bestätigt, als Einar sich wie hypnotisiert in eine vor Männlichkeit strotzende Pose warf. Und sogar Vater sah für den Bruchteil einer Sekunde aus, als wollten seine Lippen zu einem anerkennenden Pfiff ansetzen.

Barbara Sandell hatte für all das keine Augen. Mit einer hilflosen, flehentlichen Geste streckte sie Tord die Hände entgegen und stotterte: »Verzeihen Sie, dass... dass ich so hereinplatze. Aber ich weiß nicht, wohin ich sonst soll. Ich habe solche Angst. Es geht um Arne... Er...«

Sie rang nach Luft, wie um ihre Stimme zu bändigen, und fügte in einem mysteriösen Tonfall hinzu: »*Arne ist verschwunden.*«

ZWEITES KAPITEL

Ihre Aufregung war unübersehbar. Doch ob diese von Verzweiflung, Angst oder Zorn herrührte, war schwer zu sagen. Wie auch immer, binnen weniger Sekunden hatte sich ein Teil ihrer Anspannung auf uns übertragen.

Ich erschauerte trotz meines Nerzmantels. Lottas Augen wurden kugelrund, und Vater schlug neugierig seine assyrisch-babylonische Chronik zu. Einar streifte sich rasch sein Jackett über, das er während der Anprobe ausgezogen hatte, dann schob er dem unerwarteten Gast, ebenso rasch, einen Stuhl hin. Hjördis Holm hatte indes die ganze Zeit mit einem Stapel Teller auf dem Arm dagestanden. Diese stellte sie nun ab, als hätte sie keine Kraft mehr. Tord entledigte sich geistesabwesend seines neuen grau-weißen Schals und fragte zögernd: »Verschwunden? Was soll das heißen? Er wird doch nicht …?«

»Das heißt«, erwiderte Barbara, deren Stimme nun einen leicht schrillen Tonfall angenommen hatte, »dass ich Arne seit halb fünf nicht mehr gesehen habe. Jetzt ist es schon halb neun, und das am Heiligen Abend. Ich habe allein zu Hause unterm Christbaum gesessen und mit Kaffee und Glögg auf ihn gewartet. Irgendwann hielt ich die Warterei nicht mehr aus. Als ich sah, dass hier Licht brannte, musste ich einfach herkommen und fragen, ob Sie etwas wissen oder mir helfen können herauszufinden, was ihm zugestoßen ist. Denn etwas muss ihm doch zugestoßen sein!«

Sie sprang auf, wühlte nervös in ihren Manteltaschen und fragte dann: »Hätte vielleicht jemand eine Zigarette für mich?«

Tord und Einar waren so eifrig bemüht, ihrer Bitte nachzukommen, dass sie dabei um ein Haar zusammengestoßen wären. Eje war schneller, und als Barbara seine braunen Augen aus der Nähe sah, war da plötzlich ein Funkeln in den ihren, und in einer völlig anderen Tonlage fuhr sie fort: »Vielleicht möchten Sie mich erst einmal Ihren Gästen vorstellen, Tord? Ich glaube, wir sind einander noch nicht begegnet.«

»Verzeihung«, sagte Tord knapp. »Das hier ist Frau Sandell. Ihrem Gatten Arne Sandell gehört die Gemischtwarenhandlung auf der anderen Straßenseite. Das ist mein Bruder, Professor Ekstedt, und das sind seine Tochter und sein Schwiegersohn ... Puck und Einar Bure.«

Sie nahm erneut Platz, und als sie ihren roten Ulster abwarf, kam ein eng anliegendes, lindgrün schimmerndes Seidenkleid zum Vorschein, das für meinen Geschmack viel zu aufreizend und unpraktisch für ein intimes Weihnachtsfest im trauten Heim war. Doch an den Kurven, an die sich die glänzende Seide schmiegte, und den Beinen und Füßen in hohen Pumps, die sie so ungeniert zur Schau stellte, gab es nichts auszusetzen.

Tord stand noch immer reglos da. Sein Gesicht verriet nicht, was er angesichts dieser ungehemmten Weiblichkeit dachte oder fühlte.

»Na gut, Barbara«, sagte er freundlich, »erzählen Sie uns, was geschehen ist. Wann haben Sie Arne zuletzt gesehen?«

Impulsiv wandte sie sich zu ihm. »Das ist alles so seltsam, so furchtbar seltsam. Wir haben das Geschäft um drei Uhr zugemacht – heute hatte ich mitgeholfen, weil doch Weihnachten ist, und da gibt's immer viel zu tun –, dann gingen wir in die Wohnung hinauf und zogen uns um, denn um halb vier mussten wir zur Kirchenchorprobe. Die Probe lief gut, außerdem wollten alle schnell nach Hause, deshalb waren wir nur eine knappe Stunde dort.«

»Verzeihen Sie, Frau Sandell.«

Es war Einar, der ihr ins Wort fiel. Von unserem gemeinsamen Freund, Kriminalkommissar Christer Wijk, hatte er gelernt, wie wichtig es war, sich auch über gänzlich belanglos erscheinende Details Klarheit zu verschaffen. Also fragte er: »Sie mussten am Nachmittag vor Heiligabend zu einer Chorprobe in die Kirche?«

In ihre Augen, die nun eher grünlich als hellbraun funkelten, trat ein sarkastischer Ausdruck.

»Ja, das klingt wahrscheinlich etwas *verrückt*. Doch wie der Zufall es will, ist Västlinge mit einem künftigen Startenor gesegnet, der, so hoffen wir, einmal ein neuer Set Svanholm wird und seiner unbekannten Heimat ein wenig Glanz verleiht. Und dieser Star, der am Stockholmer Konservatorium studiert, ist erst heute nach Hause gekommen, deshalb konnte er seine große Weihnachtsnummer mit dem Kirchenchor nicht früher einstudieren.«

»Ich liebe Carl Sixten«, platzte Lotta heraus. »Wenn er *O, helga natt* singt, kriege ich überall Gänsehaut. Er singt es doch morgen, oder?«

Doch Lottas Vater war in Gedanken bei anderen, wesentlicheren Dingen. Seine grauen Augen sahen Barbara forschend an.

»Sind Sie gleich nach Hause gegangen, oder was haben Sie nach der Probe getan?«

»Ich ging gleich nach Hause; ich musste noch einiges in der Küche vorbereiten. Arne sagte, er wolle noch kurz ins Büro. Ich nahm an, um die Tageseinnahmen abzurechnen. Wir hatten verabredet, um sechs Uhr die Lichter am Weihnachtsbaum anzuzünden und Kaffee zu trinken. Als ich ihn zuletzt sah, unterhielt er sich vor der Kirche noch mit Susann Motander.«

Sie brach ab, und mich beschlich der Eindruck, dass sie mit sich haderte.

Hjördis Holm beugte sich, leicht ungeduldig, auf ihrem Stuhl vor. »Und dann?«, fragte sie auf ihre zurückhaltende Art. »Haben Sie nicht in seinem Büro nachgesehen, als er nicht zum Kaffee erschien?«

Barbara antwortete mit einem so nachdrücklichen Kopfnicken, dass ihr weißblondes Haar regelrecht ins Flattern geriet.

»Doch, genau das tat ich. Aber ... es war überall dunkel, sowohl in seinem Büro als auch im Laden, und von Arne keine Spur.«

Mir schoss ein Gedanke durch den Kopf.

»Vielleicht ist Ihr Mann für eine Fahrt gebucht worden. Ich habe gehört, er betreibt nicht nur die Gemischtwarenhandlung, sondern fährt auch Taxi?«

»Puck hat recht«, pflichtete mir Tord bei. »Das ist die einzig logische Erklärung. Gut, bei uns auf dem Land wird nur selten ein Taxi bestellt, aber an einem Feiertag gönnt sich vielleicht jemand den Luxus. Natürlich ist es ärgerlich, wenn er durch eine Fahrt aufgehalten wurde, aber wohl kaum Grund zur Sorge.«

Barbara schüttelte betrübt den Kopf.

»Das war auch mein erster Gedanke. Und um ehrlich zu sein, war ich zuerst auch eher verärgert als besorgt. Ich hatte noch nie viel für diese Taxifahrerei übrig, und jetzt sollte sie auch noch unser Weihnachtsfest ruinieren? Er hätte doch zumindest kurz anrufen können, um mir Bescheid zu geben.«

»Aber«, warf Tord ein, »vielleicht hat er angerufen, als Sie… ich meine…. vielleicht waren Sie ja selbst unterwegs, und in dem Fall…«

Barbara Sandells Augen flammten jetzt in einem intensiven Grünton auf. »Aber ich war nicht unterwegs. Wieso sollte ich unterwegs gewesen sein?«

Zu meiner Verwunderung schien Tord zu erröten.

»Nein, natürlich nicht«, murmelte er. »Ich habe nur versucht, eine Erklärung zu finden.«

Lotta jagte Nofretete nach, die hinter den Weihnachtsbaum huschen wollte. Dabei verkündete sie über die Schulter hinweg: »Aber Tante Frideborg hat gesagt, alle Türen waren abgeschlossen, und niemand war zu Hause, als sie ihre Hyazinthe vorbeibringen wollte.«

Barbara erstarrte.

»Und wann soll das gewesen sein?«

»Na, kurz bevor sie zu uns kam. Gegen fünf oder halb sechs vielleicht.«

»Dann kam sie wohl, als ich kurz im Keller war.«

Die Anspannung, die seit Barbara Sandells Erscheinen in der Luft lag, hatte sich in den letzten Minuten noch einmal verstärkt. Sie sagte nicht die volle Wahrheit, das spürte ich. Aber warum? Und warum war Tord so unangenehm berührt und Hjördis Holm so bleich wie ihr eigener Spitzenkragen?

Vater hatte, wie es seine Art war, die ganze Zeit geschwiegen. Nun blinzelte er durch seine Hornbrille und fragte ruhig: »Wo parkt Herr Sandell denn normalerweise sein Auto? In der Nähe des Hauses?«

»Wir haben eine Garage auf dem Hof.«

»Haben Sie nachgesehen, ob das Auto weg ist?«

Sie blickte ihn beinahe dankbar an.

»Ja, das habe ich. Kurz vor halb neun wurde ich so ungeduldig, dass ich etwas unternehmen musste. Also zog ich meinen Mantel an und ging zur Garage.«

»Und?«

Er musste dieses Wörtchen mindestens dreimal sagen, ehe Barbara Sandell erwiderte: »*Das Auto steht darin.*«

Es schien, als führten uns diese vier Worte vor Augen, dass die Situation – womöglich – doch ernster war, als wir ursprünglich angenommen hatten.

Einar und ich versuchten uns an einigen kläglichen Lösungen des Rätsels.

»Bitte halten Sie mich nicht für unverschämt«, sagte Eje, »aber wenn ich eine rein theoretische Frage stellen darf: Hat es möglicherweise Unstimmigkeiten zwischen Ihnen und Ihrem Mann gegeben?«

»Arne und ich haben in unserer ganzen Ehe noch

keine Unstimmigkeit gehabt. Wissen Sie, mit jemand wie ihm streitet man nicht.«

»Das stimmt«, bemerkte Tord. »Arne Sandell ist ein ausgesprochen freundlicher und höflicher Zeitgenosse.«

»Dann können wir wohl auch ausschließen«, überlegte ich laut, »dass er sich mit jemandem treffen wollte... jemand anderem... und darüber die Zeit vergessen hat.«

»Sie meinen, dass er ein Rendezvous mit einer anderen Frau hatte? Das halte ich in der Tat für höchst unwahrscheinlich.«

Ihre Lippen wurden von einem sanften, siegessicheren Lächeln umspielt, das auszudrücken schien, dass ein Mann, der in den Genuss ihrer Vorzüge kam, keinen Bedarf an Rendezvous mit anderen Frauen hatte. Mit einem Seufzer musste ich ihr recht geben, und damit waren unsere Erklärungsversuche für Arne Sandells Verschwinden gescheitert.

Nach einem verstohlenen Blick auf die Uhr erhob sich Hjördis Holm von ihrem Stuhl.

»Wir werden bald... essen. Möchten Sie uns vielleicht Gesellschaft leisten?«, fragte sie höflich, aber distanziert.

Barbara zögerte. »Vielen Dank. Aber ich werde wohl besser nach Hause gehen, für den Fall, dass Arne zurückkommt.«

Dennoch rührte sie sich nicht vom Fleck, und ich ahnte, dass ihr die Aussicht, in ein leeres Haus und zu einem verlassenen Christbaum zurückzukehren, nicht sonderlich behagte.

Einar kam ihr zu Hilfe. Tatkräftig, wie er war – wenn es nicht gerade um seine Forschungsarbeit in mittelalterlicher Geschichte ging –, schlug er vor, Tord und er könnten sie nach Hause begleiten, um an Ort und Stelle nach des Rätsels Lösung zu suchen. Vater schüttelte, fast unmerklich, den Kopf und murmelte etwas von »Kommissar Wijk spielen«, während Barbara Sandell das Angebot entzückt annahm. Und weil Lotta lautstark darauf bestand, an der Expedition teilzunehmen, war das Ende vom Lied, dass sich alle – mein Vater und Fräulein Holm ausgenommen – für einen Ausflug in die Winternacht rüsteten.

Nach einen Intermezzo auf der Treppe, als ich ein flehentliches Piepen unter Lottas hellblauem Mantel vernahm und Lotta ausreden musste, die ängstlich zitternde Nofretete mitzunehmen, brachen wir schließlich auf. Es tat gut, die frische Abendluft zu atmen. Der ganze Tag war wolkenverhangen gewesen, aber nun war die Nacht eisig und sternenklar. Der gefrorene Kies knirschte unter unseren Schritten, als Lotta und ich Hand in Hand den anderen über den Weg zur Landstraße hinterhereilten. Zu unserer Linken verlief die knapp einen Meter hohe Steinmauer, die den Friedhof umsäumte, und obwohl es stockfinster war, meinte ich aus den Augenwinkeln die Konturen von Grabsteinen und Kreuzen zu erahnen.

Auf der Straße wurde es heller, was womöglich daran lag, dass der gesamte erste Stock des Sandell'schen Hauses hell erleuchtet war. Wir überquerten die Straße und schlüpften durch eine Lücke in der niedrigen, den Hof umgebenden Hecke auf das fremde Grundstück. Barbara erklärte Einar, dass sich im Erdgeschoss die Gemischtwarenhandlung, das Büro und die Lagerräume befanden.

Der Eingang zum Geschäft ging zur Straße hinaus, aber wollte man den Sandells einen Privatbesuch abstatten, musste man zu einer Tür an der Rückseite des Hauses. Genau das taten wir.

Wir betraten einen geräumigen, aber kargen Flur, von dem eine Wendeltreppe hinauf in die Wohnung führte. Auf klappernden Absätzen eilte Barbara nach oben, wir folgten ihr und wurden von einem freundlichen und gemütlichen Flur überrascht, mit himbeerrotem Teppichboden und geschmackvollen Wandteppichen. Der Rest der Wohnung zeigte jedoch, dass es mit dem Geschmack nicht allzu weit her war. Die Küche war hochmodern und schick, doch Wohn-, Ess- und Schlafzimmer waren mit banalen, seriengefertigten Möbeln ausgestattet. Von einem protzigen Radiogrammophon über einen abscheulichen Barschrank bis hin zu großgeblümten Gardinen, die sich mit den ebenfalls geblümten Sesseln bissen, fehlte es an nichts. Die unglückliche Kombination aus Barbara Sandells grünem Seidenkleid mit dem roten Ulster schien also kein Zufall gewesen zu sein, sondern vielmehr Folge ihres leicht vulgären und farbenfrohen Geschmacks. Und trotzdem, das musste ich zugeben, trug dieser Rahmen, der jeder anderen Frau geschadet hätte, nur dazu bei, ihren schönen Körper und ihre archaische Weiblichkeit noch stärker hervorzuheben.

Inzwischen war es bereits nach neun Uhr, doch von Arne Sandell fehlte noch immer jede Spur. Tord machte einen verwirrten und bekümmerten Eindruck, Barbara Sandell hingegen wirkte seltsam gefasst. Einar bewies seine detektivische Schulung, als er fragte, ob vielleicht eine von Arne Sandells Jacken fehle, woraufhin Barbara Sandell rasch diverse Schränke durchsah.

»Er trägt wohl noch dasselbe wie am Nachmittag...«, stellte sie anschließend fest. »Seinen schwarzen Sonntagsmantel und einen schwarzen Hut. Aber vielleicht sollten wir auch unten nachsehen.«

Also setzte sich die kleine Karawane wieder in Bewegung und stieg die Wendeltreppe hinab. Auf einem Beistelltisch im oberen Flur bemerkte Lotta im Vorbeigehen die Hyazinthe, die »Tante Frideborg« vorbeigebracht hatte. Schließlich drängten wir uns in dem kleinen Büro. Tord starrte betreten aus dem Fenster, während Einar mich wortlos vor den Schreibtisch zog. Er deutete auf die aufgeschlagenen Kassenbücher und einen Füllfederhalter, auf den die Kappe nicht aufgeschraubt worden war. Ich suchte seinen Blick.

»Er muss es sehr eilig gehabt haben...«

Gedankenverloren betrat Einar den eigentlichen Verkaufsraum, knipste das Licht an und sah sich dort um, bis ihn Barbaras Stimme zurücklockte.

»Seltsam!«, sagte sie. »Hier im Schrank hängt Arnes Mantel... Wo in aller Welt treibt er sich bloß herum?«

Sie verstummte, und in ihren Blick trat eine flackernde Unruhe.

»Dann... dann trägt er wohl die braune Lederjacke, die er sonst im Auto aufbewahrt«, murmelte sie unsicher.

»Haben Sie einen Zweitschlüssel zur Garage?«, fragte Tord mit scharfer Stimme.

»Ja... der liegt oben. Einen Moment!«

Als sie wieder herunterkam, hatten sich Tord und

Einar bereits auf den Hof begeben. Lotta, die sich unterdessen in den Laden gestohlen hatte, war das offenbar entgangen, und da mich das mulmige Gefühl beschlich, sie sollte besser nicht dabei sein, wenn die Garage geöffnet würde, ging ich geistesabwesend zu ihr.

Noch immer zerstreut nahm ich wahr, dass Arne Sandells Gemischtwarenhandlung eine kuriose Mischung aus einem altmodischen, mit allerlei Waren ausgestatteten Kaufladen und einem modernen, gepflegten Kolonialwarenladen war. Zwei Marmortresen trafen in einer Ecke des Raumes aufeinander, und während der längere offenbar Kolonial- und Wurstwaren zugedacht war, waren die Regale hinter dem kürzeren Tresen mit Konserven, Kaffeetassen, Töpfen, Haushaltgerätschaften und Toilettenartikeln vollgestopft. Die großen Schaufenster wurden von hellen Rollos abgeschirmt, so auch die verglaste Eingangstür. Es war so kalt, dass ich trotz meines neuen Mantels fröstelte, doch als Lotta mir ihr kleines, schmales Gesicht zuwandte und mich flehentlich bat, nur ganz kurz mit ihr Kaufladen zu spielen, brachte ich es nicht übers Herz, ihr das abzuschlagen. Selbstlos entschied Lotta, ich solle zuerst die Rolle der Verkäuferin übernehmen, die offenbar die spannendere war.

Ich ging auf die Lücke zwischen den beiden Marmortresen zu und bezog hinter dem kürzeren Position. Lotta setzte die Miene einer alten Bäuerin auf und tat so, als käme sie gerade zur Tür herein. Als sie mit der Hand den Türgriff umfasste, rief sie verwundert: »Puck, Puck! Die Tür ist gar nicht abgeschlossen. Das soll doch sicher nicht so sein? Meinst du nicht?«

Ich antwortete nicht.

Denn im selben Augenblick stieß ich mit dem Fuß gegen etwas Weiches.

Rasch beugte ich mich hinab, um nachzusehen, was dort unter dem Marmortresen lag.

Eigentlich hätte ich vorbereitet sein sollen, aber ich war es nicht. Als ich mich hinabbeugte, hatte ich nicht die geringste Ahnung, welch grausiger Anblick mich erwartete.

Mit von sich gestreckten Gliedmaßen lag ein Mann am Boden, halb unter dem Tresen. An seiner Schläfe, knapp über dem linken Ohr, klaffte eine tiefe Wunde, aus der das Blut in Strömen geflossen war. Es war überall: in seinem dunklen Haar, auf dem grauen Anzug, in einer geronnenen Lache auf dem Fußboden.

Mein Verstand war wie gelähmt. Ich vermochte weder zu denken noch zu fühlen und konnte den Blick nicht vom ermordeten Arne Sandell abwenden. Am Ende schien mir, als wäre der gesamte Laden von schwarzverklebten Locken und dunkelrotem Blut erfüllt.

Dann kam die Übelkeit. Aber gleichzeitig schoss mir ein leidlich bewusster Gedanke durch den Kopf. Ein einziger Gedanke…

Lotta! Ich musste sie hier rausbringen!

DRITTES KAPITEL

Glücklicherweise nahm die unverschlossene Tür Lottas Aufmerksamkeit so gefangen, dass sie nicht bemerkte, was mit mir los war. Und als ich mit einer Stimme, die mir selbst völlig unnatürlich und fremd erschien, vorschlug, hinauszugehen und den anderen von ihrer Entdeckung zu berichten, war sie sofort einverstanden. Wie ein Wirbelwind sauste sie durch das Büro in Richtung Hof, und ich folgte ihr, so schnell es meine zitternden Beine zuließen. Doch schon am Bürostuhl vor Arne Sandells verlassenem Schreibtisch versagten sie mir den Dienst.

Als die eifrig plaudernde Gesellschaft eintrat, saß ich noch immer dort, so grün im Gesicht, dass Einar augenblicklich reagierte. Während Tord und Barbara hinter Lotta her ins Geschäft eilten, blieb Eje bei mir und fragte besorgt: »Puck, Liebes, was ist denn passiert?«

Doch vermutlich hatte er es schon begriffen, ehe ich ihm flüsternd und schniefend antwortete.

Das Problem mit Lotta löste sich von selbst. Einar entschied, ich solle auf der Stelle nach Hause gehen, und Lotta ließ sich nicht lange bitten, mich zu begleiten. Kurz darauf liefen wir in der eisigen Dunkelheit über die Landstraße, und ich hatte das Gefühl, einem Ort zu entfliehen, der eigentlich meine Anwesenheit verlangte. Als würde ich in letzter Sekunde davor bewahrt, etwas Furchtbares zu bezeugen.

Lotta hatte großes Mitleid, weil ich so plötzlich krank geworden war. Ihre teilnahmsvollen Bemerkungen zerstreuten mich ein wenig und lenkten mich von dem ab, was wir hinter uns ließen. Doch plötzlich sah ich die Bilder vor mir, unzusammenhängende, verzerrte Bilder, die sich vor der Dunkelheit ringsherum noch greller und unheimlicher ausnahmen.

Der heimelige Laden, die Regalbretter mit allem Nötigen gefüllt: Konservendosen mit Möhren, Suppen, Pilzen und Früchten, Porzellan, Seifen, Strümpfe und Sägen...

Die kostspielig, aber etwas geschmacklos möblierte Wohnung, in der ein Christbaum und ein gedeckter Kaffeetisch warteten...

Die tiefe, blutige Wunde an dem dunkel gelockten Männerkopf...

Barbara Sandells schimmerndes blondes Haar zu dem grünen Seidenkleid...

Wie nahm sie wohl die Nachricht auf, die sie vermutlich in diesem Moment erreichte? Verfiel sie in eine wilde Trauer? Versuchte Tord, sie zu trösten? Was tat Einar gerade?

Vermutlich berichtete er der örtlichen Polizei am Telefon: »Hier ist ein Mord geschehen. Ja, am Heiligen Abend, leider. Es ist wohl das Beste, Sie kommen gleich her.«

Als wir das Pfarrhaus betraten, war ich schweißgebadet. Lotta stürmte in die Küche und berichtete, ich sei krank. Hjördis Holm, die sich eine weiße Schürze über ihr Festtagskleid gebunden hatte und deren Wangen von der Ofenhitze glühten, kam auf mich zu und erkundigte sich besorgt, was los sei. Auch Vater erschien aus dem Salon, und ich schämte mich, der Grund für die Sorgenfalten auf seiner Stirn zu sein. Glücklicherweise begab Lotta sich schon bald auf die Suche nach Nofretete, sodass ich endlich die Worte aussprechen konnte, die mir auf der Zunge brannten:

»Mord! Er wurde ermordet. In seinem Laden. Ich habe ihn hinter dem Tresen gefunden! Könnt ihr euch vorstellen, wie sich das angefühlt hat? Versteht ihr ...«

»Kind, beruhige dich.«

In Vaters Stimme schwang nicht nur Sorge mit, sondern auch eine gewisse Strenge, die darauf hindeutete, dass in seinen Augen nicht einmal ein Mord so etwas wie Hysterie oder mangelnde Selbstbeherrschung rechtfertigte. Ich versuchte, mich zu sammeln. Hjördis Holm, die hellblauen Augen entsetzt aufgerissen, stotterte: »Wie –? Ich meine – was ist denn passiert? Wer – hat das getan?«

Ich schilderte das Wenige, was ich wusste. Sie lauschte meinem Bericht aufmerksam, doch ihre Erwiderung traf mich, in ihrer praktischen hausfraulichen Art, völlig unerwartet:

»Was soll ich denn nun mit meiner Grütze und dem Fisch anfangen? Es wird doch sicher noch eine Weile dauern, bis der Herr Pfarrer und Herr Dr. Bure zurückkommen ...«

Doch binnen weniger Augenblicke hatte sie ihren Pragmatismus wiedergefunden. Sie scheuchte Lotta und mich ins Bett, und als wüsste sie um meine Angst vor der Dunkelheit, schlug sie vor, Lotta möge sich in Einars Bett legen. Sie verordnete mir eine Schlaftablette und versorgte uns beide mit einer ordentlichen Portion warmer Milch. Nofretete, die neben Lotta unter der Bettdecke lag, schlief als Erste ein, aber schon bald folgte ich ihrem Beispiel.

In einen traumlosen und tiefen Schlaf versunken, existierten in meinem Bewusstsein weder Mord noch Blut oder sonstige Abscheulichkeiten. Am liebsten hätte ich die nächsten Tage in diesem Zustand verbracht, doch er sollte nicht einmal bis zur Morgendämmerung andauern.

Mitten in der Nacht wurde ich von Lotta geweckt, die auf riskante Weise einen dreiarmigen Kerzenleuchter in der einen Hand und ein sich windendes Kätzchen in der anderen balancierte.

»Wie geht's dir, Puck? Bist du wieder gesund? Du kommst doch mit zum Christfest in die Kirche, oder?«

Sie setzte sich auf die Bettkante, und im gelblich flackernden Kerzenlicht sah ich, wie ihre Lippen zitterten.

»Papa sagt, Arne Sandell ist tot«, bemerkte sie leise. »Barbara schläft in Tante Hjördis' Zimmer, und alle sind schrecklich traurig. Aber ... aber wenn man traurig ist, muss man doch erst recht in die Kirche gehen, nicht wahr?«

Ich umarmte sie, dann stieg ich widerstrebend aus dem Bett. Meine Sinne waren von der Schlaftablette noch benebelt, und nicht einmal der starke Kaffee, der in der Küche serviert wurde, konnte mich wachrütteln. In seinem schwarzen Talar wirkte Tord noch blasser und asketischer als sonst, aber auch Hjördis Holm, Einar und Vater machten einen müden, ausgelaugten Eindruck. Keinem von uns war nach einer Unterhaltung zumute; dennoch brachte ich in Erfahrung, dass sie fast die ganze Nacht auf den Beinen gewesen waren. Der Polizeihauptmeister hatte den Bezirkspolizeichef an den Tatort gerufen, der wiederum hatte die Landesmordkommission verständigt, aber bislang hatte niemand auch nur die Spur einer Erklärung für Arne Sandells Schicksal.

Der kurze Spaziergang vom Pfarrhof zur Kirche war äußerst angenehm. Die Luft war frisch und klar, in den Kirchenfenstern brannten unzählige Kerzen, und trotz der widrigen Umstände stellte sich ein bisschen Weihnachtsstimmung ein.

Vor dem Eingang zur Sakristei spielte sich eine Begegnung ab, die deshalb interessant war, weil ich hier zum ersten Mal eine der Personen traf, die, wie sich herausstellen sollte, hochgradig in unsere Tragödie verstrickt waren. Dabei handelte es sich um einen großgewachsenen, breitschultrigen Mann um die fünfzig. Er trug einen zu knapp sitzenden schwarzen Anzug und eine schwarze Fliege. Sein grobes Gesicht war unnatürlich rot. Tord hielt inne, und ich überlegte, ob es die Müdigkeit war, die seine Stimme so streng klingen ließ.

»Guten Morgen. Schön, dass Sie auf Ihrem Posten sind, Herr Lundgren. Sie müssen mir helfen, Frau Motander zu finden. Ich möchte sie bitten, die Kollekte zu übernehmen.«

Lundgrens blutunterlaufene Augen begannen nervös zu flackern.

»Ist... ist einer der Kirchenräte unpässlich?«

»Arne Sandell«, erwiderte Tord ernst. »Er ist tot.«

Dass der rot angelaufene Lundgren kein schauspielerisches Talent besaß, war offensichtlich. Auch wenn er den Mund weit aufsperrte, um so sein vermeintliches Erstaunen zu bekunden, konnte jeder sehen, dass ihm diese Nachricht nicht neu war. Während sich in meinem Kopf die Gedanken überschlugen, folgte ich Lotta in Richtung Pfarrstuhl.

»Was für ein Weihnachtsfest...«, sinnierte ich resigniert.

Aber Lotta sollte mit ihrer Empfehlung, trotz allem das Christfest in der Kirche zu besuchen, recht behalten.

»Sei uns gegrüßt, du schöne Morgenstunde...«

Diese Worte klangen nicht ironisch, sondern wie eine Weisheit, die unsere weltlichen Sorgen und Tragödien nichtig erscheinen lässt. Wir lauschten Tord, wie er schlicht und etwas schroff vom Licht in finsteren Zeiten sprach, dem Kirchenchor, der an diesem Tag ohne das Ehepaar Sandell auskommen musste, und Lottas geliebtem Tenor, der mit seinem *O, helga natt* das erhabene Kirchengewölbe noch heller erstrahlen ließ. Als wir uns schließlich wieder erhoben, fühlte ich mich gelassener und unbeschwerter als in den vergangenen zehn Stunden.

Draußen war es noch immer so dunkel, dass ich die eifrig plappernde Dame, die uns über den Friedhof folgte, kaum sehen konnte. Immerhin erschloss sich mir, dass sie Frideborg Janson hieß, sie war also diejenige, die gestern Abend die rosa Hyazinthen verteilt hatte. Offenbar war es Tradition, dass Frideborg Janson nebst den Damen Motander und dem Ehepaar Sandell am Morgen des ersten Weihnachtstages zum Kaffee ins Pfarrhaus kam. In Gedanken sprach ich der ohnehin schon erschöpften Hjördis Holm mein Mitleid aus, doch als wir in den warmen und hell erleuchteten Flur traten, begrüßte sie uns in ihrem adretten schwarzen Kleid so korrekt und freundlich wie immer. Neben unserem Gast wirkte sie nahezu auffallend aufgeräumt, ordentlich frisiert und beruhigend.

Frideborg Janson war auf ihre Weise äußerst faszinierend. Nachdem sie Überschuhe, Hut, Mantel, Strickpullover und Strickstrumpfhose abgelegt hatte, kam eine sehr magere und faltige Erscheinung zum Vorschein, die in einem mit zahlreichen Rüschen und Volants ausstaffierten Ungetüm in Hellblau steckte. Das windzerzauste blonde Haar war ohne Zweifel gefärbt und ihr Puder eine Nuance zu weiß, um modern zu wirken. Sie war eher fünfundfünfzig als fünfunddreißig, ein Umstand, den sie mit allen Mitteln zu kaschieren versuchte. Sie plapperte wie ein Wasserfall und konnte ihre knochigen Hände nicht drei Minuten still halten. Mit ihrer Art hätte sie einem furchtbar auf den Geist gehen können, doch dem war nicht so.

Schon an jenem Morgen, im Flur des Pfarrhauses, sinnierte ich über den Grund. Damals glaubte ich, es sei dem Umstand geschuldet, dass sie etwas so Seltenes wie eine grundgute Seele besaß. Sie ließ ihre wachsamen blauen Augen über die Anwesenden schweifen und fand für jeden Einzelnen schmeichelnde Worte.

»Ach, wie reizend, die Familie von unserem lieben Herrn Pfarrer kennenzulernen! Ja, von Ihnen, Herr Professor Ekstedt, liest man ja ständig in der Zeitung, und immer geht es um so *aufregende* Dinge wie uralte, gut erhaltene Mumien, sagenhafte Wüstenschätze und was weiß ich nicht alles. Aber Sie sind sicher nicht weniger gelehrt, Herr Dr. Bure. Sie sehen aus wie der Held in diesem Film, der neulich im Kino von Kila gegeben wurde. Wie hieß er noch gleich? Irgendwas mit Pi eller Pe oder doch Fi? Ach, wie vergesslich man doch wird. Was meinen Sie, Hjördis? Sollen wir uns in den Salon begeben? – Ja, nicht wahr?... *Nein*, wie reizend es hier ausschaut. Der Christbaum, die Krippe und all die Kerzen. Der Herr Pfarrer kann sich wirklich glücklich schätzen, eine solche Perle wie Sie im Haus zu haben, Hjördis. Aber wo ist er eigentlich, unser lieber Pfarrer? Noch gar nicht aus der Kirche zurück? Oh, Lotta, was für ein *süßes* Kätzchen! Sieht es nicht genauso putzig und gescheit aus wie mein kleiner Pontus? Gott hab ihn selig. Frau Bure, diesen Kater hätten Sie erleben sollen. Ein wahres Wunder... Kein Auge hat er nachts zugetan, wenn er sein Schwänzchen nicht um meinen Hals schmiegen konnte. Aß ausschließlich Kalb und Sardinen in Tomatensoße... *Darf* ich fragen, aus welchem Material Ihr gelbes Kleid ist? Schurwolle! Ja, ja, natürlich. Das Kleid haben Sie ihn Stockholm gekauft, nicht wahr? Das sieht man doch gleich. Für so etwas habe ich ein Auge, wissen Sie, ich führe nämlich ein kleines Kurzwarengeschäft in Kila und... Ach, da ist ja unser Herr Pfarrer! Einen schönen guten Morgen, und vielen Dank für Ihre *wundervolle* und erbauliche Predigt...«

Mit erröteten Wangen unter der weißen Puderschicht warf sie Tord ein so strahlendes Lächeln zu, dass dieser, leicht verlegen, rasch ablenkte, indem er kundtat, die Damen Motander mitgebracht zu haben.

Es folgten weitere Begrüßungen und Höflichkeitsfloskeln, die mir genügend Zeit verschafften, die Direktorenwitwe Tekla Motander und ihre Tochter Susann eingehend zu studieren.

Dass es sich bei Tekla Motander um eine äußerst willensstarke Person handelte, erkannte man auf den ersten Blick. Ihre stattliche, leicht füllige und in ein grafitgraues Ensemble gekleidete Gestalt, der gestreckte Hals, das markante Kinn und die strengen Falten um ihren Mund waren in dieser Hinsicht ebenso vielsagend wie ihre forsche, dominante Art. Ihre finanzielle Lage wurde mittels einer schweren Goldkette und funkelnder Ringe zur Schau gestellt, Letztere steckten an Fingern, die es gewohnt zu sein schienen, zu packen und zu behalten, was sie begehrten... Sie hatte eisengraues Haar und stechende braune Augen. Ihr Alter schätzte ich auf fünfundsechzig, womöglich etwas jünger.

Susann stand völlig im Schatten ihrer Mutter. Jetzt und immerdar. Später erfuhr ich, dass sie fünfundzwanzig war, doch wirkte sie keinen Tag älter als zwanzig. Sie trug ein hübsches kirschrotes Kleid, das gut zu ihrer nahezu durchsichtigen Haut passte. Ihr kurzes Haar war tadellos frisiert, die schicke Brille nahm die Farbe des Kleides auf. Aber all das half nichts. Vielleicht wegen ihrer linkischen und unsicheren Körperhaltung wirkte das hellbraune Haar stumpf und das gesamte Mädchen farblos, frei von Charme und Persönlichkeit.

Dass ihre Mutter jetzt das Wort für sie ergriff, war sicher keine Ausnahme.

»Susann sagt, Arne und Barbara hätten nicht im Chor gesungen. Und das an einem so wichtigen Tag!«

Frideborg Janson schlug theatralisch die Hände zusammen. »Ach, du liebes bisschen, sie sind doch nicht etwa krank?«

»Gesund genug jedenfalls«, entgegnete Tekla Motander trocken, »um sich die reinste Festtagsbeleuchtung zu leisten. Sogar im Laden und im Büro brennt Licht.«

Tord sammelte sich, um sie über die Situation aufzuklären, doch Lotta kam ihm zuvor.

»Aber das liegt doch daran, dass die Polizei überall im Haus ist«, verkündete sie mit klarer Stimme. »Und im Chor wird Arne wohl kaum noch singen können, wo er doch jetzt tot ist.«

Susann Motander schnappte nach Luft, während Tekla Motander streng bemerkte: »Deine kindliche Fantasie in allen Ehren, aber mit dem Tod macht man keine Scherze, liebe Lotta.«

Lottas graue Augen verfinsterten sich, doch Hjördis Holm schritt rasch ein und bat sie im Flüsterton, in der Küche nach dem Kaffeekessel zu schauen. Lotta trottete brav hinaus, aber nicht, ohne Tekla Motander mit einem vorwurfsvollen Blick zu zeigen, wie ungerecht sie sich behandelt fühlte.

»Leider handelt es sich um keinen Scherz, Tekla«,

sagte Tord schleppend. »Die tragische Wahrheit lautet: Arne Sandell wurde ermordet.«

Auf diese schockierende Neuigkeit reagierten die drei Damen in sehr unterschiedlicher Weise. Susann wurde kreidebleich, und der einzige Laut, der über ihre Lippen kam, war ein schwaches Jammern. Frideborg Jansons Rüschen flatterten vor Aufregung noch mehr als zuvor. Dabei stieß sie eine Reihe unzusammenhängender Sätze aus:

»Mein liebes Herz! *Ermordet!* Wie grauenhaft! Die arme Barbara!«

Tekla Motanders Mimik war für einige Augenblicke wie gelähmt. Dann fragte sie knapp und unsentimental: »Wie ist es geschehen?«

»Er... Jemand hat ihm mit einem scharfkantigen Gegenstand auf den Kopf geschlagen.«

»Und wann?«

Erst jetzt nahm ich wahr, wie fürchterlich erschöpft Tord aussah. Ich ahnte seine Dankbarkeit, als Einar für ihn antwortete.

»Irgendwann gestern zwischen halb fünf am Nachmittag und neun Uhr abends; genauer kann der Arzt den Todeszeitpunkt noch nicht bestimmen.«

Zerstreut nestelten Frau Motanders beringte Finger an der Goldkette, die sich an ihren Busen schmiegte.

»Es war doch sicher ein Raubmord?«

Einars warme braune Augen fixierten die ihren, die ebenso braun, aber außerdem noch stechend und berechnend waren.

»Ja«, erwiderte er ausdruckslos, »so wird es vermutlich gewesen sein.«

Es entstand eine Gesprächspause, bis Hjördis Holm den Kopf zur Tür hereinsteckte und uns auf ihre pragmatische Art mitteilte, der Kaffee sei fertig und eine kleine Stärkung täte uns doch sicher gut, ehe wir weiter diskutierten.

Sie öffnete die Tür zum Esszimmer, wich aber einen Schritt zurück, als sie Barbara Sandell auf der anderen Seite der Türschwelle erblickte.

Barbara trug noch immer ihr glänzendes grünes Seidenkleid, und das halblange blonde Haar schimmerte in der schummerigen Beleuchtung wie Gold. Nur aus nächster Nähe waren die dunklen Ringe unter ihren Augen sichtbar; ansonsten strahlte sie eher Gesundheit und Vitalität als Trauer und Einsamkeit aus.

Zögernd betrat sie den Salon, und Frideborg schlich sich mitfühlend an sie heran, um ihr einen Kuss auf die Wange zu drücken. Tekla Motander hingegen blieb stumm, sehr aufrecht, steif und abweisend auf ihrem Stuhl sitzen.

Gedankenlos schob Barbara Frideborgs hellen Wuschelkopf beiseite und heftete ihren Blick auf Tekla Motander. Mit einem Mal durchfuhr ein Zittern ihren Körper, und sie ballte die Hände zu Fäusten.

»Du widerliche alte Hexe!«, zischte sie. »Bist du jetzt zufrieden? Jetzt, wo ich *Arne auch noch verloren habe*?«

Vaters Miene verriet ein unverstelltes Erstaunen und Tord machte Anstalten, dazwischenzugehen.

Doch Tekla Motander rührte sich immer noch nicht. Als sie schließlich den Mund aufmachte, klang sie weder sonderlich verbittert noch verärgert. In einem selbstverständlichen, geradezu sachlichen Ton gab sie lediglich ein einziges Wort von sich. Ein Wort, das uns aus dem Mund einer Direktorenwitwe in einem Pfarrhaussalon um halb acht am Morgen des ersten Weihnachtstages mehr als unerwartet traf.

»Schlampe.«

VIERTES KAPITEL

Barbara setzte der peinlichen Situation ein Ende, indem sie auf dem Absatz kehrtmachte und aus dem Zimmer stürmte. Tords sonst so sanfter Blick war eisig geworden, und mit derselben schroffen Stimme, mit der er zuvor von der Kanzel gepredigt hatte, sagte er jetzt: »Wir mögen zwar alle etwas aufgewühlt und aus der Fassung sein, aber das sollte uns nicht zu schlechtem Benehmen verleiten.«

Dann kam Hjördis Holms Einsatz, die uns mit der förmlichen Fürsorge einer vorbildlichen Gastgeberin ins Esszimmer führte, wo sie darauf achtete, dass höflich über Themen wie das Weihnachtswetter, den Wochenendverkehr oder die besten Zuckerkuchenrezepte geplaudert wurde. Dass diese Unterhaltung noch unnatürlicher war als die Szene, der wir soeben beigewohnt hatten, blieb jedoch keinem am Tisch verborgen. Ich meine, es gab sogar diverse Seufzer der Erleichterung, als wir ein Klingeln an der Haustür vernahmen. Trotzdem ahnte ich in diesem Moment noch nicht, dass meine Erleichterung schon bald in wahre Freude umschlagen sollte.

Lotta steckte ihren Wuschelkopf mit den locker sitzenden blauen Haarbändern zur Tür herein und verkündete, draußen auf der Treppe stehe ein »großer Onkel«.

»Er hat eine schwarze Pfeife und trägt eine karierte Hose. Und er wusste, dass ich Thutmosis IV. im Arm halte. Dann hat er nach Puck und Eje gefragt...«

Auf der Stelle jubelten Einar und ich im Chor los: »Christer! Das ist Christer Wijk!«

Wir wussten natürlich, dass unser Freund mittlerweile die Landesmordkommission leitete, doch hätten wir nicht zu hoffen gewagt, dass er persönlich herkäme, um sich des rätselhaften Västlinger Mords anzunehmen. Wir eilten in den Flur, und ich sah gleich, dass sein Haar genauso schwarz, seine Augen genauso tiefblau und seine Anwesenheit genauso beruhigend war wie damals, als wir uns an einem abgelegenen, geheimnisvollen Bergsee in Uppland zum ersten Mal begegnet waren.

Triumphierend geleiteten wir ihn an den reich gedeckten Kaffeetisch. Es dauerte eine Weile, bis ich begriff, dass Einars und meine Freude von niemandem geteilt wurde. Abgesehen von Vater und womöglich Lotta, die den hochgewachsenen Fremden nicht aus den Augen ließ und ihm dauernd Kaffee nachschenkte. Das freundliche Fräulein Janson und die barsche Frau Motander hingegen beäugten ihn misstrauisch, Susann Motander sah aus, als fiele sie jeden Moment in Ohnmacht, und Hjördis Holms Spitzenmanschetten zitterten, als sie Christer Mandelsplitter und Schokoladenstücke servierte. Sogar der an Besuch gewöhnte Tord schien irritiert ob der Anwesenheit dieses an sich sympathischen Gasts, dessen Beruf es allerdings war, Verbrechen aufzuklären und die tiefsten Geheimnisse der darin verwickelten Menschen zu ergründen.

Kriminalkommissar Wijk nippte gleichmütig an seinem Kaffee, steckte seine Pfeife an, und plötzlich schien es ganz selbstverständlich, sich unumwunden über den Mord an Arne Sandell zu unterhalten.

»Natürlich«, erwiderte Christer auf eine Bemerkung meines Vaters, »ist es ein besonders harter Schlag, wenn so ein brutaler Mord am Weihnachtsabend geschieht. Die Zeitungen werden sicher eine große Sache daraus machen. Aber andererseits ... *wenn* ein armer Wicht umherstreift, deprimiert und zerfressen von Hass gegen die Menschheit, verzweifelt er womöglich umso mehr, wenn alle Menschen ringsherum in fröhlicher Weihnachtsstimmung schwelgen.«

»Heißt das, Sie vermuten einen Landstreicher hinter der Tat?«, fragte Tord neugierig. »Der Geld aus der Kasse stehlen wollte, von Arne Sandell überrascht wurde und ihn deshalb erschlug?«

»Davon gehen wir fürs Erste aus.«

Wie durch ein Wunder lösten sich die Anspannung und der Argwohn, die bis jetzt am Esszimmertisch geherrscht hatten, in Luft auf. Als Christer dann noch bemerkte, schon die kleinste Beobachtung während der kritischen Stunden könne dazu beitragen, den Täter zu schnappen, waren alle bereit, behilflich zu sein. Oder zumindest schien es so.

Ich stellte die nächste Frage: »Die kritischen Stunden, was meinst du damit? Die Zeit zwischen halb fünf, als die Chorprobe in der Kirche endete, und neun Uhr, als wir die Leiche entdeckten?«

Einar, der in Christers Anwesenheit offener war als

zuvor Tekla Motander gegenüber, schüttelte energisch den Kopf.

»Als wir Sandell gefunden haben, muss er schon einige Stunden tot gewesen sein. Ich bin zwar kein Arzt, aber immerhin konnte ich erkennen, dass das Blut an seinem Körper und auf dem Boden nicht mehr frisch war.«

Christer nickte.

»Der Bezirksarzt scheint derselben Ansicht zu sein, auch wenn er sich etwas vorsichtiger ausdrückt. Wir müssen wohl oder übel abwarten, was die gerichtsmedizinische Untersuchung ergibt.«

Nachdem diese Formalitäten vom Tisch waren, drehte er sich ein wenig auf seinem Stuhl und blickte Susann Motander forschend an.

»Ich habe gehört, Sie sind die Letzte oder zumindest eine der Letzten, die Arne Sandell lebend gesehen hat. Sie haben sich nach der Chorprobe mit ihm unterhalten, nicht wahr?«

Bis zu diesem Moment hatte Susann Motander nicht ein einziges Wort geäußert, und zunächst schien sich daran auch nichts zu ändern. Sie lief so dunkelrot an, dass ihr Gesicht der roten Farbe des Brillengestells Konkurrenz machte. Stumm und scheu richtete sie ihren Blick nicht auf Christer, seltsamerweise auch nicht auf ihre Mutter, sondern auf Tord.

»Susann, erzähl dem Kommissar, was du weißt. Du hast doch so ein gutes Gedächtnis!«, kommandierte Tekla Motander.

Auch sie warf einen flüchtigen Blick in Tords Richtung, und Hjördis Holms schmale Lippen wurden von einem zaghaften Lächeln umspielt.

»Jaaa… doch…«, sagte Susann schließlich. »Ich hatte einer Freundin versprochen, sie ein Stück auf dem Heimweg zu begleiten, weil sie sich so vor der Dunkelheit fürchtet und nicht gern an den Scheunen von Bauer Karlsson vorbeigeht. Während ich vor der Kirche auf sie wartete, unterhielt ich mich kurz mit Arne.«

Obwohl sie Christers Blick beharrlich auswich, war ihre leise Stimme klar, ihr Bericht ruhig und sachlich.

»Was für einen Eindruck hat er auf Sie gemacht? Schien er bedrückt oder gar ängstlich?«

»Oh nein! Er hat wie immer seine Scherze gemacht… vielleicht sogar mehr als sonst.«

»Um wie viel Uhr haben Sie sich von ihm verabschiedet?«

»Um zwanzig vor fünf.«

»Wissen Sie das genau? Bitte denken Sie daran, wie unerhört wichtig es für uns ist, den Zeitpunkt möglichst exakt zu bestimmen.«

»Ich bin mir ganz sicher. Ich stelle meine Uhr jeden Tag nach dem Radio, und bevor Britta und ich losgegangen sind, habe ich auf die Uhr geschaut.«

Trotz ihrer Schüchternheit wirkte sie selbstsicher und vernünftig. Christer paffte zufrieden an seiner Pfeife.

»Haben Sie gesehen, wie Herr Sandell in sein Büro ging?«, fragte er weiter.

»Ich hab gesehen, dass er auf seinen Hof ging, wohin genau, kann ich nicht sagen.«

»Wo wohnt Ihre Freundin?«

»Sie wohnt in Persby, von hier aus im Norden.«

»Also nicht Richtung Kila?«

»Nein, wenn man die große Landstraße entlanggeht, ist es die entgegengesetzte Richtung.«

»Wie weit haben Sie Ihre Freundin Britta begleitet?«

»Ein paar Kilometer, schätze ich.«

»Und dann haben Sie kehrtgemacht und sind allein zurückgegangen?«

»Ja.«

»Wann waren Sie zurück?«

Zum ersten Mal hatte ich den Eindruck, dass sie zögerte.

»Das muss gegen halb sechs gewesen sein. Ich habe es gerade noch geschafft mich umzuziehen, bevor Tante Frideborg kam.«

Christer betrachtete nachdenklich das ovale, unscheinbare Gesicht des Mädchens.

»Sie können sich sicher denken, dass mich interessiert, ob Sie auf Ihrem Spaziergang jemandem begegnet sind? Einer bekannten, vielleicht auch einer unbekannten Person?«

Susann verschränkte die Finger ineinander, und ihre Stimme war noch leiser als zuvor.

»Nein«, sagte sie gedehnt, »ich habe niemanden gesehen.«

»Sie wohnen in dem großen Haus neben den Sandells, nicht wahr? Gegenüber der Kirche. Das heißt, auf dem Rückweg kamen Sie an Sandells Laden vorbei. Ist Ihnen aufgefallen, ob in seinem Büro Licht brannte?«

»Nein, weder im Büro noch im Laden. Nur oben in der Wohnung brannte Licht.«

Jetzt klang sie wieder sicher. Christer stieß drei Rauchringe aus, dann bemerkte er langsam: »Vielleicht sieht man von der Straße aus gar nicht, ob im Büro Licht brennt.«

»Aber natürlich sieht man das«, widersprach sie barsch. »Es hängen doch keine Rollos vor den Bürofenstern. Und im Geschäft gibt es nur dünne weiße Gardinen. Sie können mir ruhig glauben, im gesamten Erdgeschoss brannte kein Licht.«

Wir blickten einander verwundert an. Wenn man Susann Motander Glauben schenkte, hatte Arne Sandell seinen Schreibtisch und seine Kassenbücher noch vor halb sechs verlassen. War er zu diesem Zeitpunkt bereits seinem Mörder hinter dem Marmortresen im Verkaufsraum begegnet? Hatte womöglich der Mörder das Licht im Erdgeschoss gelöscht, ehe er das Weite suchte?

Frideborg Janson ergriff das Wort, und was sie sagte, untermauerte Susanns Aussage auf entscheidende Weise.

»Die liebe Susann hat vollkommen recht! Es *war* stockduster in Arnes Büro, aber oben in der Wohnung brannte in jedem einzelnen Zimmer Licht. Und die Kirchturmuhr schlug genau zweimal, als ich durch die Pforte ging. Ich erinnere mich nämlich, wie ich dachte, ein Schlag, das bedeutet Viertel nach, zwei Schläge, das bedeutet halb, und da fiel mir ein Stein vom Herzen, dass es erst halb sechs war, denn so hatte ich noch genug Zeit, meine Hyazinthen zu überreichen und sowohl den Sandells wie auch allen im Pfarrhaus ein frohes Fest zu wünschen. Um sechs wollte ich nämlich zu den Motanders – ja, die liebe

Tekla hatte mich eingeladen, mit ihnen den Weihnachtsabend zu verbringen, und das war mir natürlich *ungeheuer* wichtig. Aber weder Barbara noch Arne waren daheim, und das fand ich doch *sehr* eigenartig. Zuerst habe ich an der Hintertür geklingelt. Da merkte ich, dass nicht abgeschlossen war. Also bin ich hineingegangen und habe gerufen: ›Hallo, ich bin's, ich möchte euch frohe Weihnachten wünschen!‹ Keine Antwort. Also streifte ich meine Überschuhe ab und ging hinauf. Ich habe in der Küche nachgesehen, keine Menschenseele, dann im Wohnzimmer, auch nichts. Und am Ende, das muss ich zugeben, habe ich die ganze Wohnung abgesucht.«

Mit wild gestikulierenden Armen und wackelndem Wuschelkopf schilderte sie, wie sie die Wohnung vergeblich nach dem Ladenbesitzer und seiner schönen Frau durchkämmt hatte. Selten hatte sie so aufmerksame Zuhörer gehabt.

»Ja, was sollte ich also tun? Ich habe meine Hyazinthe auf den Tisch im Flur gestellt und bin wieder hinuntergegangen. Zur Sicherheit warf ich noch einen Blick ins Büro – die Tür war seltsamerweise *auch* nicht abgeschlossen! –, aber dort war es, wie gesagt, dunkel. Also musste ich mich auf den Weg machen, ohne ein frohes Fest gewünscht zu haben.«

Sie schnappte nach Luft, wie um anzuzeigen, dass sie am Ende ihrer Ausführungen angekommen war. Da fixierte Tekla Motander sie mit ihren braunen Augen und sagte vorwurfsvoll: »Vergisst du da nicht eine Kleinigkeit, von der du uns gestern Abend berichtet hast, Frideborg? Hast du nicht einen Schatten hinter die Garage huschen sehen?«

Frideborg Janson errötete.

»Na ja, mir war, als... Gestern habt ihr doch beide gesagt, es sei bestimmt nur Einbildung...«

»Wir sind auch an Einbildungen interessiert«, munterte Christer sie freundlich auf.

Doch aus irgendeinem Grund schien die sonst so redselige Frideborg Janson nicht recht mit der Sprache herauszuwollen.

»Als ich auf den Hof der Sandells kam..., da meinte ich, eine Gestalt wahrgenommen zu haben, die hinter die Garage verschwand. Das ist alles.«

Wir sinnierten schweigend über das, was wir soeben erfahren hatten. Draußen wurde es allmählich hell, es versprach ein kalter und schöner erster Weihnachtstag zu werden. Christer gönnte sich eine weitere Tasse Kaffee und fuhr mit seiner diskreten Fragestunde fort. Nun war Tekla Motander an der Reihe.

»Frau Motander, Sie sind Nachbarin der Sandells. Haben Sie etwas gesehen oder gehört, das von Interesse sein könnte?«

»Leider nein«, erwiderte die Angesprochene knapp, aber durchaus freundlich. »Ich war den ganzen Nachmittag im Haus. Meine Hausgehilfin, der ich über die Festtage freigegeben habe, verabschiedete sich um kurz vor vier. Dann habe ich ein wenig allein herumgewirtschaftet, bis Susann und schließlich Frideborg eintrafen. Und falls Sie sich für die Beleuchtung im Hause Sandell interessieren, Herr Kommissar, kann ich nur bestätigen, dass im ersten Stock Licht brannte. Wie es im Geschäft aussah, kann ich nicht beurteilen, denn zu unserem Grundstück hin gibt es dort nur Blindfenster...«

»Wissen Sie, um wie viel Uhr Ihre Tochter nach Hause kam?«

»Nein, leider nicht. Unser Haus ist groß, ich hatte nicht einmal bemerkt, dass sie nach Hause gekommen war. Ich schätze, es wird kurz nach halb sechs gewesen sein.«

»Na schön«, sagte Christer. »Bleiben also noch die Pfarrhausbewohner. Können Sie von hier aus bis zu Sandells Laden sehen?«

»Natürlich«, erwiderten Hjördis Holm und Tord unisono. »Nicht vom Esszimmer aus, versteht sich, aber von der Vorderseite des Hauses. Bei Einbruch der Dämmerung habe ich die Vorhänge zugezogen, danach hat dort niemand mehr hinausgeschaut«, führte Hjördis näher aus.

Christer musterte mit unübersehbarem Interesse den weißen Seidenschirm der Deckenlampe. Dabei murmelte er gedankenverloren: »Der Vollständigkeit halber sollten Sie mir wohl alle noch schildern, wie Sie den gestrigen Abend verbracht haben...«

Die Erste, die sich zu einer Antwort aufraffte, war Hjördis Holm. Sie strich sich rasch über ihren brünetten Haarkranz, wie um zu überprüfen, ob jede Strähne am rechten Platz lag. Dann sagte sie: »Das Mädchen, das mir in der Küche zur Hand geht, ist gegen vier mit dem Fahrrad nach Hause gefahren; sie und das Mädchen der Motanders wollten übrigens zusammen los. Ich hatte einiges in der Küche zu tun, und soweit ich weiß, hatten sich die anderen zurückgezogen, um an ihren Weihnachtsgedichten zu arbeiten. Um kurz nach halb sechs kam Frideborg vorbei, und zehn Minuten später kehrte auch der Herr Pfarrer heim. Ab sechs waren wir dann alle im Salon versammelt.«

Dem hatten wir anderen kaum etwas hinzuzufügen. Papa, Eje, Lotta und ich hatten, wie Hjördis es zutreffend beschrieben hatte, in unseren Zimmern in der oberen Etage gesessen und weder Augen noch Ohren für etwas anderes als unsere dichterische Tätigkeit gehabt. Einar konnte sich die Bemerkung nicht verkneifen, meine kümmerlichen Verse seien kein Beweis dafür, dass ich nicht einen kleinen Abstecher zu Arne Sandells Geschäft unternommen haben könnte. Vater reagierte mit einem tadelnden Blick durch seine Hornbrille, woraufhin Eje unverzüglich und sichtlich beschämt um Verzeihung bat.

Christer bohrte weiter.

»Dann hat also niemand – außer Ihnen, Herr Pfarrer – nach vier Uhr noch einen Fuß vor die Tür gesetzt?«

An dieser Stelle meldete sich eine unerwartete Zeugin zu Wort, um die sich bislang gar niemand gekümmert hatte. Lotta sah Christer aus ihren großen Augen aufmerksam an. »Aber als ich in die Küche ging, um Tante Hjördis zu bitten, meinen Bleistift anzuspitzen, war sie nicht da. Das war um Viertel nach vier. Und weil ihr Mantel nicht am Haken hing, bin ich wieder nach oben gegangen und hab stattdessen mit meinem Füller geschrieben. Was natürlich viel schwieriger ist.«

Hjördis hob verwundert ihre geraden Brauen.

»Aber Liebes, ich *war* doch die ganze Zeit hier. Du hast wahrscheinlich nicht gründlich genug nach mir gesucht. Vielleicht war ich gerade hier im Esszimmer oder in meinem Zimmer oder …«

Einar sprang ihr bei. »Um halb fünf befand sich Fräulein Holm jedenfalls in der Küche, das kann ich bezeugen. Da schlich ich mich nämlich hinunter und habe ihr ein Butterbrot und ein helles Bier abgeschwatzt; von Kopfarbeit werde ich immer so durstig. Und da Arne Sandell um diese Zeit noch bei der Chorprobe war, nehme ich an, dass ihre eventuelle Abwesenheit kaum etwas mit ihm zu tun hatte.«

»Ich sage das nur ungern«, warf Tord hastig ein, »aber wir sollten Lottas Angaben mit Vorsicht genießen. Sie hat nämlich eine äußerst lebhafte Fantasie.«

Lottas Miene war schwer zu deuten; sie schien verletzt und wütend zugleich. Ohne ein Wort verließ sie das Zimmer, und unser aller Aufmerksamkeit richtete sich auf Tord, der nach Christers Aufforderung von seinem Heiligabendspaziergang berichtete.

»Ich habe mich gegen vier Uhr auf den Weg gemacht und zunächst in der Kirche nach dem Rechten gesehen. Unser Hausmeister ist nämlich erkrankt und liegt ausgerechnet jetzt in der Weihnachtszeit im Bezirkskrankenhaus. Sein Bruder, Connie Lundgren, springt für ihn ein, aber leider Gottes ist er nicht unbedingt die Idealbesetzung für diesen Posten.«

Ich erinnerte mich an den großen Kerl mit dem roten Gesicht, dem ich vor der Sakristei begegnet war, und begriff sofort, warum Tord Grund zur Sorge hatte.

»Nun gut, in der Kirche war alles in Ordnung. Herr Lundgren war damit befasst, die Liedtafeln für den Weihnachtsgottesdienst vorzubereiten, und der Chor probte fleißig. Arne Sandell hat mir von der Empore zugenickt, ich ahnte ja nicht, dass ich ihn nie wiedersehen würde... zumindest nicht lebend. Ich verließ die Kirche durchs Hauptportal und ging strammen Schrittes über die Landstraße Richtung Kila. Ich habe zwei kranke Gemeindemitglieder, die ein Stück entfernt wohnen. Sie freuen sich immer so, wenn man sie besucht, ihnen einen Psalm vorliest und sie segnet, besonders an solchen Feiertagen. Kurz vor fünf habe ich mich auf den Rückweg gemacht; zu Fuß braucht man ungefähr eine Viertelstunde, wenn man schnell geht, deshalb dürfte ich frühestens um zehn nach fünf zurückgekommen sein.«

»Aber wie wir soeben erfahren haben«, bemerkte Christer, »sind Sie erst zehn Minuten nach Frideborg Jansons Besuch hier eingetroffen, mit anderen Worten, gegen sechs.«

Tord presste seine zehn Fingerkuppen aneinander. So fest, dass es wehtun musste.

»Ich habe das Grab meiner Frau besucht und dann... war ich eine Weile in der Kirche.«

»Also haben Sie sich zwischen, sagen wir einmal, fünf und halb sechs zuerst auf der Landstraße und dann auf dem Friedhof befunden. Haben Sie möglicherweise gesehen, ob...«

Über Tords Lippen huschte ein schwaches Lächeln.

»Ich habe *nicht* gesehen, ob bei den Sandells Licht brannte oder nicht, wenn Sie darauf hinauswollen. Ich fürchte, ich bin ein lausiger Zeuge, wenn es um solche Sinneswahrnehmungen geht.«

Christer erwiderte sein Lächeln. »Ausnahmsweise wollte ich Ihnen eine andere Frage stellen. Sind Sie auf Ihrem Spaziergang jemandem begegnet? Susann Motander zum Beispiel? Oder Frideborg Janson? Irgendwem?«

In Tord schien plötzlich eine Erinnerung aufzusteigen. »Jaaa«, antwortete er aufgeregt. »Als ich in den Friedhof einbog, wurde vor Sandells Grundstück ein Motorrad angelassen. Als es an mir vorbeifuhr, konnte ich flüchtig den Fahrer erkennen. Es war... und da bin ich mir ganz sicher...«

Susann Motander und Frideborg Janson beugten sich vor, und als ob sie den Chor einer griechischen Tragödie bilden wollten, riefen sie unisono, allerdings mit unterschiedlichen Nuancen von Verzweiflung und Erregung:

»*Mårten!*«

Dieser Name wiederum schien eine Art Losungswort zu sein, das die Zungen aller im Raum Versammelten löste.

»Mårten Gustafsson!«, schnaubte Tekla Motander verächtlich. »Na, als hätte man es nicht geahnt. Dieser unangenehme Störenfried lungert in letzter Zeit ständig hier herum. Er provoziert und ist frech und...«

»Aber nein, Mama«, flüsterte Susann flehentlich. »Sag das nicht! Mårten und ich waren in einer Klasse, er ist nicht so schlimm, wie er immer tut.«

»Man munkelt, er sei Kommunist!«, informierte uns Hjördis Holm und klang dabei, als spräche sie über einen pestkranken Schwerverbrecher.

»Ich habe ihn auch getroffen!«, erhob sich Frideborg Jansons Stimme über das allgemeine Gemurmel. »Meine

Güte, wie *konnte* ich das nur vergessen. Ich traf ihn gestern, als ich aus Kila herspazierte. Einen Kilometer von hier entfernt vielleicht, ja, mehr kann es nicht gewesen sein. Er stand mitten auf der dunklen Landstraße, weil er eine Panne hatte. Ich fragte ihn, wohin er denn unterwegs sei, am Heiligen Abend, denn es war bereits nach fünf Uhr, und da hatten doch alle Geschäfte geschlossen. Außerdem spricht er ja immer so herablassend über die Kirche und über Religion. Dass er nicht von der Chorprobe kam, konnte ich mir also zusammenreimen. Ich bot ihm an, von den Motanders aus Hilfe zu rufen, aber er war schrecklich unhöflich und sagte, wenn ich in *meinem* Alter«, an dieser Stelle schoss ihr die Schamesröte ins Gesicht, »die halbe Meile aus Kila überlebe, dann schaffe er es sicher auch auf eigene Faust bis nach Hause.«

»Er ist ein hochbegabter Junge, aus anständigem, frommem Elternhaus, aber derzeit etwas aufmüpfig«, murmelte Tord nachdenklich.

Auch Lotta, die mittlerweile ins Esszimmer zurückgekehrt war, hatte einen Kommentar parat.

»Er hat einen roten Bart«, kicherte sie, »und kurz geschorenes Haar, und er sieht ein bisschen verrückt aus.«

Wie aus dem Nichts tauchte Barbara Sandell hinter Lotta auf. Als sie hörte, worüber wir sprachen, funkelten ihre grünen Augen wie die einer Katze.

»Mårten Gustafsson«, rief sie empört, »ist mehr wert als ihr alle zusammen. Er ist lieb und freundlich und anständig, auch wenn er manchmal ...«

Sie verstummte mitten im Satz. Wie aus einer unerwarteten Stimmungsschwankung heraus schlug sie die Hände vors Gesicht und brach in Tränen aus.

Mir ging durch den Kopf, dass ich sie zum ersten Mal in jenen tragischen Stunden weinen sah. Außerdem verspürte ich auf einmal das dringende Bedürfnis, einen gewissen jungen Mann mit rotem Bart, radikalen Ideen und einem Motorrad kennenzulernen.

FÜNFTES KAPITEL

Da ich nicht tatenlos zusehen konnte, wie Barbara sich im Esszimmer die Augen ausweinte, und niemand sonst Anstalten machte, sich ihrer anzunehmen, erhob ich mich und führte sie bestimmt aus dem Zimmer. Allerdings nicht schnell genug, als dass wir überhört hätten, wie Tekla Motander hinter uns zischte: »Sie hätte sich zumindest ein schwarzes Kleid anziehen können, anstatt hier in grüner Seide herumzuspuken wie auf einem Kostümfest.«

Da nahm Barbara Sandells Tränenstrom noch einmal zu. Laut schluchzend stürzte sie durch den Serviergang in Hjördis Holms Zimmer, warf sich auf das gestreifte Sofa und drosch mit geballten Fäusten auf die Armlehne ein.

»Sie ist grässlich! Grässlich! Seit ich in Västlinge bin, macht sie mir das Leben schwer, und wenn sie den Mut dazu hätte, würde sie mir nur allzu gern die Kehle durchschneiden und mich in Einzelteilen auf den Friedhof werfen. Aber ich habe auch die eine oder andere Geschichte über sie in petto, wenn sie sich einbildet...«

Sie brach ab und richtete sich auf.

»Hören Sie das? Da ist jemand im Serviergang... jemand schleicht dort herum und belauscht uns...«

Ich versicherte ihr, sie müsse sich verhört haben, aber

sie wollte sich erst beruhigen, nachdem ich vor der Tür nachgesehen hatte. Sie schniefte in mein Taschentuch und strich sich mit fahrigen Bewegungen das blonde Haar aus dem erhitzten Gesicht.

»Es ist ein einziger Albtraum. Aber nicht einmal in meinen schlimmsten Albträumen hätte ich vermutet, dass Arne etwas so Schreckliches widerfahren könnte. Er war... ach, Sie wissen ja nicht, was für ein Mensch er war! Zuerst fand ich ihn sogar viel *zu* nett. Sie verstehen... er sang zur Laute, tanzte wie ein junger Gott, war charmant zu allen Mädchen. Ich höre mich noch sagen, er sei einer dieser Männer, die man unter keinen Umständen heiraten darf. Ach, wie sehr ich doch danebenlag! Wir hatten die besten fünf Jahre, die man sich nur ausmalen kann. Und jetzt, ohne zu wissen, wie einem geschieht, ist alles aus... für immer.«

Ich fühlte mich hilflos. Als wäre jedes tröstliche Wort fehl am Platz. Deshalb war ich auch fast erleichtert, als ihre Stimmung erneut von Trauer in Wut umschlug.

»Aber diese Tekla Motander! Ihr kommt es sicher gut zupass, dass sie ihn los ist. Zwar spreche ich nicht darüber, aber ich weiß so einiges, was die Polizei sicher brennend interessiert...«

»Liebe Frau Sandell«, sagte Christer und trottete gemächlich ins Zimmer, »die Polizei leidet an schamloser Neugier und interessiert sich für beinahe alles. Was gibt es denn so Interessantes?«

Er stellte sich höflich vor, faltete seine langen Gliedmaßen in einen der schmächtigen Sessel und blickte sie neugierig an.

Barbara Sandell wiederum nestelte reflexartig am Saum ihres engen Seidenkleids. Eine typisch weibliche Geste, mit der sie versuchte, die knubbligen Knie bestmöglich zu kaschieren, die aber eher dazu beitrug, selbige zu betonen. Allerdings lenkte sie so auch den Blick auf die makellosen Partien darunter.

»Nichts«, erwiderte sie auf Christers Frage. »Ich meine, wenn ich es mir recht überlege, glaube ich nicht, dass ich die Herren von der Polizei damit belästigen sollte. Sie haben bestimmt Wichtigeres zu tun.«

Da eine von Christers ausgezeichneten Fähigkeiten beim Verhör darin bestand, nur selten zu hartnäckig nachzubohren, wechselte er erst einmal bereitwillig das Thema.

»Sind Sie in der Verfassung, einige Fragen zum gestrigen Tag zu beantworten? Mir ist bewusst, dass der Bezirkspolizeichef Sie damit bereits belästigt hat, aber ich wäre Ihnen sehr verbunden, wenn Sie mir den Hergang der Ereignisse selbst noch einmal schildern würden.«

Barbara antwortete weder mit Ja noch mit Nein. Aus einer großen Krokodillederhandtasche fischte sie Puderdose und Lippenstift und beseitigte flink und gekonnt sämtliche Spuren ihrer Tränenflut. Christer schwieg geduldig, bis sie damit fertig war und ihn ansah.

»Um kurz nach halb fünf sind Sie also von der Kirche nach Hause gegangen?«

»Ja.«

»Waren Sie allein?«

»Ja.« Ein Funken von Misstrauen blitzte in ihren grünbraunen Augen auf. »Natürlich war ich das.«

»Warum haben Sie nicht auf Ihren Mann gewartet?«

»Oh, er unterhielt sich gerade mit Susann Motander, und ich hatte es eilig. Im Übrigen wusste ich, dass er noch die Tageskasse abrechnen wollte, bevor wir Heiligabend feiern würden; es war so viel los, als wir den Laden schlossen, dass er noch keine Zeit dazu gefunden hatte.«

»Wo hielten Sie sich während der folgenden Stunden auf?«

»Na, in unserer Wohnung. Ach so, Sie möchten wissen, wo genau? Tja, das ist schwer zu sagen, die meiste Zeit in der Küche und in meinem Zimmer. Im Wohnzimmer natürlich auch.«

»Meines Wissens liegt keines dieser Zimmer unmittelbar über dem Laden. Oder doch, ein kleines Wohnzimmereckchen vielleicht. Ansonsten befindet sich das Wohnzimmer über dem Büro, nicht wahr?«

Ich begann mich allmählich zu fragen, wie lange Christer eigentlich schon in Västlinge gewesen war, ehe er am frühen Morgen den Pfarrhof betreten hatte. Einen müden Eindruck machte er jedoch nicht, ganz im Gegenteil.

»Sagen Sie, Frau Sandell, haben Sie irgendwelche auffälligen Geräusche aus dem Erdgeschoss vernommen?«

Auf ihr apartes Gesicht legte sich ein grüblerischer Ausdruck.

»Nein... aber ich hatte den ganzen Abend das Radio laufen, da wurde ziemlich laute Weihnachtsmusik gespielt.«

»Außerdem bekamen Sie Besuch von... Frideborg Janson. Wann ungefähr war das?«

Barbara blickte ihn perplex an.

»Ja, ich habe eine ihrer rosa Hyazinthen im Flur entdeckt, sie muss also da gewesen sein. Aber ist es nicht ein seltsamer Zufall, dass sie genau dann vorbeikam, als ich kurz im Keller war? Gut, eine Weile hatte ich dort unten zu tun. Ich habe nach dem Heizkessel gesehen und einige Konservendosen herausgesucht. Aber trotzdem!«

Als Barbara diesen Umstand das erste Mal angesprochen hatte, war ich davon überzeugt gewesen, dass sie log. Jetzt wusste ich nicht mehr, was ich glauben sollte.

Christer sah sie unverwandt an.

»Und dann?«, fragte er lakonisch.

»Dann? Ja, dann habe ich den Abend mit Warten zugebracht. Wir hatten verabredet, um sechs Uhr die Kerzen am Weihnachtsbaum anzuzünden. Und um Punkt sechs erwartete ich ihn mit einem strahlenden Weihnachtsbaum und frischgebrühtem Kaffee. Aber... Arne kam nicht... und nach einer Viertelstunde ging ich ins Büro hinunter, aber da war er nicht, und es war überall dunkel.«

»Haben Sie auch im Geschäft nachgesehen?«

»Nein, die Tür zwischen Büro und Geschäft stand offen, ich konnte also sehen, dass dort kein Licht brannte. Ich nahm an, er hätte eine Taxibestellung bekommen, also ging ich, ziemlich verärgert, wieder hinauf. Aber jetzt... im Nachhinein... geht mir eine Sache nicht aus dem Kopf...«

Sie beugte sich zu Christer vor und fuhr eindringlich fort: »Wenn es um Uhrzeiten oder Versprechen ging, konnte Arne manchmal etwas nachlässig sein. Aber Feiertagstraditionen waren ihm heilig. Sie wissen schon:

bunte Eier und Marzipanhühner an Ostern, und ab sechs Uhr am Heiligabend, sobald die Lichter am Christbaum brannten, war Weihnachten für ihn ein einziges langes Ritual. Bis zum St.-Knuts-Tag mit Weihnachtsbaumplünderung, Pfänderspielen und Knallbonbons. Kurz gesagt, es muss einen triftigen Grund dafür gegeben haben, dass er nicht zum Kaffee erschien. Und deshalb glaube ich … er wurde schon vor sechs Uhr ermordet.«

»Ja«, stimmte Christer ernst zu. »Nach den Aussagen von Frideborg Janson und Susann Motander wage ich sogar zu behaupten, dass er vor *halb* sechs starb.«

Barbara blinzelte einige Tränen fort und sagte dann gemessen: »Wie kann ich Ihnen sonst behilflich sein?«

»Frau Sandell, niemand kann uns mehr helfen als Sie… Zum Beispiel könnten Sie uns verraten, ob Ihr Mann Feinde hatte.«

Sie schüttelte den Kopf.

»Nein, das kann ich mir nicht vorstellen… Ich meine… Tekla Motander war aus verschiedenen Gründen nicht gut auf ihn zu sprechen, und sie ist zweifellos ein alte Hexe, aber sie würde doch sicher keinen Mord begehen, oder? Na ja, dann wäre da natürlich Connie Lundgren…«

Ihre Stimme hatte einen anderen Tonfall angenommen; mit einem Mal klang sie zweifelnd, misstrauisch, beinahe ängstlich: »Wenn er getrunken hat, weiß er nicht mehr, was er tut, und Arne *hatte* sich schon am Morgen über ihn geärgert. Wenn nun… wenn…«

»Sprechen Sie vom Küster?«, fragte ich ein wenig schockiert. »Ist er derjenige, der trinkt und –«

»Er ist nicht der Küster«, warf Barbara rasch ein. »Das ist sein Bruder, und der ist ein ganz wunderbarer und reizender Bursche. Er und Connie wohnen gemeinsam in einem kleinen Häuschen auf der anderen Seite des Friedhofs, und solange er Connie im Auge behält, kann der sogar richtig nett und fleißig sein. Connie hatte angeboten, über die Feiertage die Küsteraufgaben zu übernehmen, und Tord war sicher zu nett, um nein zu sagen. Aber ansonsten arbeitet Connie bei uns als Verkäufer. Er hatte schon lange im Geschäft gearbeitet, noch bevor Arne es übernahm. Solange er nüchtern ist, macht er seine Sache auch gut, aber wenn er sich seinen Branntwein genehmigt hat, kann er so jähzornig und dreist werden, dass es einem die Sprache verschlägt.«

Ihrem Gesicht war abzulesen, dass Lundgren wohl nicht nur dreist, sondern auch widerlich und zudringlich werden konnte.

»Gestern hatte er die Feiertage damit eingeläutet, sich bereits am frühen Morgen ein paar Gläschen zu gönnen. Er war zwar noch in der Lage, die Kunden zu bedienen, aber er war furchtbar geschwätzig und laut und mir gegenüber so anzüglich, wie er es in Arnes Gegenwart zu sein wagte. Arne sagte ihm im Lagerraum tüchtig die Meinung, und dann war Connie den Rest des Tages mürrisch und benahm sich grässlich, bis wir endlich schlossen. Nicht, dass ich damit behaupten will, er wäre spätnachmittags zurückgekommen, um einen Streit mit Arne anzufangen, aber ... aber ...«

»Wir werden umgehend ein paar Worte mit diesem Herrn Lundgren wechseln«, versprach Christer und wollte sich schon aus dem niedrigen Sessel erheben. Doch dann zögerte er einen Augenblick und fragte:

»Wie war das noch gleich? Hatten Sie Besuch von einem Mann mit etwas zweifelhaftem Ruf? Der Pfarrer sagte etwas von einem Motorrad...«

Barbara hatte sich während der gesamten Unterhaltung mit Christer aufgeschlossen, freundlich und entgegenkommend gezeigt. Das änderte sich nun schlagartig.

»Das habe ich mitbekommen«, zischte sie. »Aber weshalb sollte Mårten ausgerechnet mich besucht haben? Bei uns stellen alle möglichen Leute ihre Fahrzeuge ab, ganz gleich, wen sie in der Nachbarschaft besuchen.«

Damit stand sie auf, um sich zaghaft lächelnd bei mir unterzuhaken.

»Kommen Sie, Puck. Begleiten Sie mich nach Hause, damit ich mir ein angemessenes Trauerkleid anziehen kann...«

Aber Christer wäre nicht Christer Wijk gewesen, wenn er sich so einfach hätte abfertigen lassen. Er folgte uns, und nachdem ich in meinen Pelz und Barbara in ihren roten Ulster geschlüpft waren, traten wir zu dritt in die frische Morgenluft hinaus. Mittlerweile war es hell geworden. Wir gingen wortlos die Friedhofsmauer entlang und überquerten die unbefestigte Landstraße. Vor der Gemischtwarenhandlung wimmelte es von Menschen und Fahrzeugen. Der große Wagen der Landesmordkommission versperrte den Eingang, und ich zählte acht weitere Autos, ein paar zivile, die restlichen gehörten augenscheinlich zu Polizisten und Kriminaltechnikern. In Christers Abwesenheit waren offenbar einige Journalisten eingetroffen, die nun auf ihn zustürmten. Auch wenn ich sonst nichts gegen die Presse hatte, erfüllte mich der Gedanke daran, dass der erste Weihnachtstag zu den wenigen zeitungslosen Tagen im Jahr gehörte, mit Erleichterung. Dies würde uns einen zusätzlichen Tag Ruhe verschaffen, ehe die Namen »Västlinge« und »Arne Sandell« in fetten Lettern in den regionalen Blättern erscheinen würden.

Christer wurde also auf dem Hof aufgehalten, aber Barbara und ich, wir konnten uns auf die Rückseite des Hauses retten, und nach einem kurzen Wortwechsel mit einem athletischen Polizisten wurde Barbara Sandell der Zutritt zu ihrem eigenen Haus gewährt. Als der Polizist realisierte, wer ich war, fragte er neugierig: »Frau Bure? Haben Sie nicht die Leiche entdeckt? Ja, wenn das so ist, möchte der Bezirkspolizeichef gerne ein paar Worte mit Ihnen wechseln. Er fragt schon den ganzen Morgen nach Ihnen.«

Freundlich, aber bestimmt führte er mich durch den Flur und in das geräumige Lager. Am hinteren Ende des schlauchförmigen Raums gab es eine schmale Tür, die in einen vollgestopften, düsteren Verschlag führte, der mit einem einfachen Holztisch, einem durchgesessenen Korbstuhl und einigen giftgrünen Sprossenstühlen möbliert war. Entlang der Wände waren Pappkartons achtlos aufgereiht, und auf einem Fensterbrett standen eine abgenutzte Kochplatte, ein Glas und ein schmutziger Kaffeebecher. Der Polizist verschwand in das Geschäft, und als sich nichts tat, folgte ich ihm.

In dem hell erleuchteten Laden war einiges los. Lange

Kabel schlängelten sich über den Fußboden, und ein Fotograf – ob es sich um einen Pressemenschen oder einen Kriminaltechniker handelte, konnte ich nicht erkennen – war auf einen der glänzenden weißen Marmortresen gestiegen, um sich bessere Sicht auf den Tatort zu verschaffen. Am Eingang unterhielten sich drei Männer mit gedämpften Stimmen, draußen rief jemand »Wir sind dann fertig...« aus dem Polizeiauto heraus, und ein paar verschwitzte und zerzauste Kriminaltechniker begruben wohl die letzte Hoffnung darauf, irgendwo in diesem winzigen Kaff ein anständiges Frühstück und einen Kaffee aufzutreiben. Ich fragte mich, wie lange die örtliche Polizei und die Landesmordkommission schon vor Ort waren. Von meinem Platz vor dem Lagerraum aus konnte ich jedenfalls feststellen, dass die Leiche bereits fort war.

Außerdem fiel mir auf, dass dies der einzige Winkel des Ladens war, der freie Sicht auf den Fußboden hinter dem kürzeren der zwei Marmortresen bot. Weshalb, sinnierte ich weiter, war Arne Sandell seinem Mörder ausgerechnet in diesem toten Winkel begegnet? Und wie hatte er so fallen können, dass sein halber Körper *unter* dem Tresen gelandet war?

Vom Bezirkspolizeichef und dem athletischen Polizisten war nichts zu sehen; vermutlich hielten sie sich im Büro auf. Stattdessen erschien Christers lange Gestalt in der Tür, und als er mich erblickte, steuerte er, nach einigen Worte mit den tuschelnden Kriminalbeamten, auf mich zu.

Wie gewöhnlich war er die Ruhe selbst, und ich bombardierte ihn gleich mit meinen Fragen. Erstens: Wie war Arne Sandell ermordet worden? Zweitens: Hatte man die Mordwaffe schon gefunden? Und drittens: Wie ließ sich die ungewöhnliche Lage der Leiche erklären?

Als Antwort auf eine der Fragen fasste mich Christer sanft an den Schultern und drehte mich ein Stückchen herum, bis mein Blick auf die Wand rechts von der Eingangstür fiel. Schon am Vorabend hatte ich die Sägen, Spaten und anderen Gerätschaften, die dort hingen, bemerkt; aber als ich jetzt die Äxte darunter sah, wurde ich von einer heftigen Übelkeit übermannt. Die simple und schockierende Wahrheit war, dass Arne Sandells Mörder nur die Hand hatte ausstrecken müssen, um zwischen einer Reihe neuer, scharfer und unbenutzter Äxte zu wählen.

»Wisst ihr«, stammelte ich, »ob... ob es...?«

Christer nickte ernst.

»Sie wurde mit etwas Putzwolle, die unter dem Tresen lag, abgewischt. Allerdings ziemlich schlampig, weshalb Blut und Haare mit bloßem Auge zu erkennen waren.«

Wie gelähmt starrte ich auf die glänzenden Axtschneiden.

»Du meinst... er hat die Axt abgewischt und dann wieder an die Wand gehängt?«

»Richtig. Aber jetzt hängt sie nicht mehr da, du musst also nicht so paralysiert dreinblicken. Leider lassen sich nicht alle Morde so einfach rekonstruieren.«

Er kramte seine Pfeife hervor, steckte sie sich in den Mund, vergaß jedoch, sie anzuzünden.

»Sandell und sein Mörder müssen sich ungefähr dort

befunden haben, wo wir gerade stehen«, sagte er. »Vermutlich sind sie in einen Streit geraten; der Mörder griff nach einer Axt und schlug zu, traf Sandell unmittelbar über dem linken Ohr, der fiel... Der Obduktionsbericht liegt zwar noch nicht vor, aber laut der ersten Einschätzung des Gerichtsmediziners verlor Sandell sofort das Bewusstsein und starb binnen zehn Minuten. Zuvor hatte er sehr viel Blut verloren, da sowohl eine oberflächliche Schläfenarterie als auch die Verzweigungen zu einer anderen Arterie unterhalb der Schädeldecke verletzt worden waren. Und hier kommen unsere Kriminaltechniker ins Spiel. Sie sagen, er müsse, wenn man das Blut auf seinem Anzug und die zwei großen Blutlachen dort drüben betrachtet, rücklings *auf die freie Fläche zwischen Tresen und Wand* gefallen sein.

»Aber... die Blutlachen sind doch mehr als einen Meter von der Stelle entfernt, an der ich ihn gefunden habe. Außerdem lag er mit dem Oberkörper unterm Tresen...«

Christer seufzte.

»Das ist das Seltsame. Oder, anders formuliert: Er wurde erst hinter den Tresen gezerrt, *nachdem seine Wunde aufgehört hatte zu bluten* – das Blut an seiner Kleidung war jedenfalls schon getrocknet. Und apropos Blut: In einer der Blutlachen haben wir einen Fußabdruck entdeckt. Der Polizeichef vermutet, der könnte zu einem deiner Füßchen passen.«

Entsetzt starrte ich auf meine braunen Eidechsenlederpumps. Als ich mich am Vorabend ausgezogen hatte, stand ich noch unter Schock, und am Morgen hatte ich mich im Halbdunkel wieder angezogen. Hatte etwa die ganze Zeit Arne Sandells Blut an meinen Sohlen geklebt?

Ich stürzte zu dem durchgesessenen Korbstuhl und streifte die Schuhe rasch ab.

»Nehmt sie mit, ich mag sie gar nicht mehr sehen.«

In dem Moment betrat ein grau gekleideter Mann mit grau meliertem Haar den Raum und erfüllte mir unverzüglich meinen Wunsch. Nachdem er die Schuhe vor der Tür an einen Kollegen übergeben hatte, kehrte er zurück, nahm auf einem der grünen Sprossenstühle Platz und blickte uns neugierig an. Christer stellte ihn mir als Bezirkspolizeichef Karsten vor. Ein flinker junger Mann brachte ein Tonbandgerät, machte sich an diversen Knöpfen und Drähten zu schaffen, und schon bald schilderte ich die Ereignisse am Heiligabend. Wahrscheinlich hatte der freundliche Bezirkspolizeichef insgeheim gehofft, ich hätte den Toten unter den Marmortresen befördert, aber da musste ich ihn enttäuschen. Abgesehen von dem schrecklichen Augenblick, als ich mit der Fußspitze gegen das weiche Etwas am Boden gestoßen war, hatte ich jede weitere Berührung vermieden.

Das Tonbandgerät wurde ausgeschaltet, und wir blieben eine Weile zu dritt sitzen und unterhielten uns. Polizeichef Karsten behandelte mich wie eine Eingeweihte, was ihn mir sehr sympathisch machte. Er sprach ganz offen über die Fragen, die ihn beschäftigten.

»Dieses Herumzerren der Leiche will mir einfach nicht in den Kopf gehen. Drei Motive fallen mir ein, alle gleichermaßen unrealistisch. Erstens: Unser unbekannter Freund ist nach dem Mord noch eine Weile im Geschäft geblieben, und nach einer halben Stunde, Stunde oder noch später hat er sein Opfer ein Stück verrückt, um die Leiche zu verstecken. Aber nicht gut genug, als dass man sie übersehen konnte, wenn man aus der Abstellkammer kam. Zweitens: Er hat sich aus dem Staub gemacht, kehrte aber später am Abend noch einmal zurück, um dieses seltsame Unterfangen zu realisieren. Drittens: Eine dritte Person ist aufgetaucht, hat die Leiche entdeckt und versucht, sie zu verstecken. Wie klingt das?«

Christer lächelte verständnisvoll. »Nicht sehr überzeugend, da haben Sie schon recht. Zumal nichts aus Sandells Taschen entwendet worden zu sein scheint; nicht einmal sein prall gefülltes Portemonnaie.«

»Apropos«, platzte Karsten heraus, »da wäre noch etwas anderes. Kollege Hansson hat soeben die äußerst ansehnliche Tageskasse abgerechnet. Auch hier *fehlt kein einziger Öre.*«

Sie blickten einander wortlos an.

»Also... war es kein Raubmord?«, flüsterte ich verwundert.

»Es wäre natürlich denkbar«, entgegnete Christer, offenbar ohne selbst an seine Theorie zu glauben, »dass der Einbrecher überrascht wurde, ehe er die Beute einstecken konnte. Aber –«

Er verstummte. Aus dem Lagerraum drangen ein lautstarkes Wortgefecht und Gepolter herüber. Kurz darauf stand der athletische Polizist in der Tür, verschwitzt und aufgebracht, und sagte: »Hier ist ein Herr Lundgren, und macht ein Heidentheater, weil er etwas in *sei-*

ner Kammer vergessen hat, das er holen möchte... Worum es sind handelt, will er allerdings nicht verraten.«

Da drängte sich auch schon der nicht minder große und wutentbrannte Connie Lundgren an ihm vorbei. Über seinem schwarzen Sonntagsanzug trug er einen zerknitterten Trenchcoat, sein langes Gesicht war puterrot, und ich befürchtete, er könne jeden Moment einen Schlaganfall erleiden. Als er uns bemerkte, hielt er inne.

»Verzeihung, ich will keine Umstände machen«, murrte er. »Hatte ja keine Ahnung, dass es hier von Polizisten nur so wimmelt.«

»Aber nicht doch«, entgegnete Christer höflich. »Hereinspaziert! Nehmen Sie sich, was Sie holen wollten, wir beißen nicht.«

Der Blick des Neuankömmlings flackerte gleichermaßen verunsichert und feindselig zwischen Christer, Bezirkspolizeichef Karsten und meiner Wenigkeit hin und her. Dass er mich mit Tord in Verbindung brachte und deshalb sein ursprünglich so dringendes Vorhaben aufschob, begriff ich nicht gleich.

Christer, der offensichtlich bei der Durchsuchung der Kammer zugegen gewesen war, erlöste ihn von seinen Qualen. Er griff in einen der zahlreichen Pappkartons und fischte eine ungeöffnete Halbliterflasche Branntwein heraus.

»Suchen Sie die hier?«

»Danke«, sagte Lundgren, ziemlich kleinlaut, wie man zu seiner Verteidigung eingestehen musste.

Mit seiner gewaltigen Hand nahm er die Kostbarkeit entgegen und machte Anstalten, sich so schnell wie möglich zu verdrücken. Doch Christer hielt ihn mit ruhiger Stimme zurück. »Sagen Sie, Herr Lundgren, war diese Flasche der Grund dafür, dass Sie gestern gegen fünf Uhr nachmittags hierherkamen?«

Lundgren ließ vor Schreck die Flasche beinahe fallen.

»*Zum Teufel!*«

Möglicherweise hätten diese zwei halb erstickten und verbitterten Worte als Ausdruck gekränkter Unschuld gedeutet werden können, aber nicht einmal der gutmütigste Zeuge hätte die schiere Panik übersehen können, die in diesem Moment in Connie Lundgrens geröteten Augen aufblitzte.

SECHSTES KAPITEL

»Setzen Sie sich doch bitte!«, forderte Christer ihn auf. Da Lundgrens Fluchtweg durch den Lagerraum von seinem Widersacher, dem athletischen Polizisten, versperrt war, gehorchte er und nahm auf einem der Sprossenstühle Platz. Abermals betätigte Christer eine Taste des Tonbandgeräts, doch davon nahm Lundgren vor lauter Angst und Wut kaum Notiz. Stattdessen fluchte er beharrlich vor sich hin.

»Verdammter Mist! Meinen Sie, Sie können mich behandeln, wie Sie wollen? Bloß weil ich nur ein kleiner Verkäufer bin, was? Verdammte Anschuldigungen sind das!«

»Aber es stimmt doch, nicht wahr? Sie kamen gestern Nachmittag zurück, nachdem Arne Sandell das Geschäft geschlossen hatte. Sie schlichen sich in *Ihre Kammer*, wie Sie diesen Verschlag nennen, aber Ihr Chef hatte Sie bereits gehört.«

»Verdammte Lüge!«

»Herr Lundgren«, bemerkte Christer kühl, »als stellvertretender Küster sollten Sie eigentlich wissen, dass es sich nicht gehört, in Anwesenheit einer Dame zu fluchen.«

Lundgrens zorniger Blick wanderte zu besagter Dame,

die, mit den unbeschuhten Zehen wippend, in ihrem Korbstuhl saß. Tatsächlich schien er sich Christers Zurechtweisung zu Herzen zu nehmen und bemühte sich um einen gemäßigten Ton.

»Küster sagen Sie, ja, da haben Sie schon recht. Ich springe nämlich für meinen Bruder ein, weil der im Krankenhaus in Västerås liegt, wo er wegen einem Leistenbruch operiert wird. Und weil hier die ganze Zeit von gestern Nachmittag gefaselt wird, ja, da war Heiligabend, und ich war in der Kirche. Der Kirchenchor hatte Probe, und ich musste denen aufmachen und so lange warten, bis sie mit ihrem Gejaule fertig waren.«

»Aber«, schaltete Christer sich ein, »die Chorprobe war um halb fünf beendet, und ich bezweifle, dass Sie den Rest des Abends in der Kirche zugebracht haben? Was taten Sie denn *nach* der Probe?«

Connie Lundgren warf einen sehnsüchtigen Blick auf die Flasche in seinen Händen.

»Alice hatte mich eingeladen«, murrte er und betonte besonders die zweite Silbe des Namens, »das ist meine Schwester. Sie wohnt mit ihrem Mann, einem Pächter, in Persby. Dort habe ich auch übernachtet. Sie können Sie ja selber fragen, wenn Sie mir nicht glauben.«

»Und Sie sind gleich nach der Chorprobe zu Ihrer Schwester gegangen?«

»Ja.«

»Haben Sie vielleicht ein paar Chormitglieder auf dem Weg begleitet?«

»Nee. Die waren längst weg, als ich in der Kirche fertig war.«

»Auch Arne Sandell?«

»Ja ... natürlich, auch Sandell.«

»Brannte in Herrn Sandells Büro Licht, als Sie an seinem Haus vorbeikamen?«

Lundgrens Blick wanderte hektisch durch den Raum. Allmählich tat mir der grobschlächtige, nervöse Kerl fast ein wenig leid.

»Ja ... oder nee ... da war alles dunkel.«

»Wie weit ist es bis nach Persby?«

»Bis zum größten Hof eine knappe halbe Meile.«

»Welchen Weg haben Sie genommen?«

»Es gibt doch zum Teuf... Ich meine, es gibt nur den Weg über die *Landstraße*. Oder glauben Sie etwa, ich spaziere mitten im dunkelsten Winter über die Äcker?«

Christer fasste ruhig zusammen: »Sie haben die Kirche also kurz nach den Chormitgliedern verlassen, schätzungsweise gegen Viertel vor fünf. Dann sind Sie nordwärts die Landstraße hinuntergegangen. Wenn das so ist, Herr Lundgren, habe ich eine sehr wichtige Frage an Sie. Sind Sie auf dem Weg irgendjemandem begegnet und wenn ja, wem?«

»Nee. Getroffen habe ich niemanden.«

Seine Antwort klang aufrichtig und überzeugt. Das einzig Merkwürdige daran war, dass sie punktgenau mit Susann Motanders Antwort auf dieselbe Frage übereinstimmte. Und weil Susann, als sie nach Persby ging, Lundgren ein Stück hatte voraus sein müssen, dann aber umgekehrt war, hätten sie sich nach Adam Riese irgendwann irgendwo begegnen müssen. Hatten sie es vielleicht getan, aber aus einem uns unerfindlichen Grund verabredet, jene Begegnung zu verschweigen? Oder log einer der beiden, was die Zeitangaben betraf?

Christer bohrte nicht weiter. Er sog an seiner kalten schwarzen Pfeife und fragte gelassen: »Haben Sie einen Schlüssel zum Geschäft?«

Lundgrens »Nee« klang diesmal besonders mürrisch, und sein Blutdruck ging sichtlich in die Höhe, als Christer weitersprach.

»Aha, den hat man Ihnen also nicht anvertraut. Ich dachte, Sie arbeiten hier schon eine Weile?«

»Tue ich auch. Ich war hier schon lange Verkäufer, bevor dieser Rotzbengel den Laden betreten hat. Und gäbe es so etwas wie Gerechtigkeit auf dieser Welt, zum Teufel, dann...«

Er verstummte so abrupt, dass es regelrecht frustrierend war. Doch noch ehe Christer etwas sagen konnte, fügte Lundgren eilig hinzu: »Aber Sandell war ein netter und guter Chef. Sagen Sie nicht, ich hätte was anderes behauptet. Er war fröhlich, stets zu Scherzen aufgelegt und hat niemals geknausert, wenn es um einen Vorschuss oder Urlaub ging. Und alle Weiber weit und breit waren ganz verrückt nach ihm. Gaben gern ein paar Zehner mehr aus, nur damit er ihnen zuzwinkerte und mit ihnen schäkerte. Deshalb kann man sich nicht vorstellen, wer ihn erschlagen haben soll...«

»Woher wissen Sie eigentlich, wie Arne Sandell ermordet wurde?«

»Himmelherrgott, die Leute haben nach der Kirche heute früh von nichts anderem geredet! Der Laden war ja heller erleuchtet als die Kirche, und dann kam Emma, die

Haushälterin vom Polizeichef, und erzählte, was los war. Da dachte ich mir, ich schaue mal vorbei. Und die hier«, er umarmte liebevoll seine Halbliterflasche, »na, die gehört schließlich mir. Ich habe sie rechtmäßig im Systembolaget erstanden, und da wäre es doch eine Schande, wenn die Polizei sie abgreift. Aber wenn ich gewusst hätte, dass ich festgehalten und verhört und beschuldigt werde, ja, dann hätte ich lieber drauf verzichtet und sie Ihnen überlassen. Wobei ich noch nicht einmal glaube, dass für jeden ein Schluck drin gewesen wäre...«

Christer lächelte verständnisvoll. »Wir möchten nur noch Ihre Fingerabdrücke nehmen, Herr Lundgren, dann dürfen Sie gehen. Allerdings rate ich Ihnen, die Flasche in Ihrer Speisekammer einzuschließen, bis die Weihnachtstage vorüber sind; ich befürchte, Sie machen sich sonst beim Herrn Pfarrer unbeliebt.«

Lundgren beteuerte, den Branntwein frühestens am Silvesterabend anzurühren. Nachdem ihm und auch mir die Fingerabdrücke abgenommen worden waren, begab er sich mit spürbarer, nahezu rührender Erleichterung auf den Heimweg, während ich auf Strümpfen durch den eiskalten Lagerraum und dann die Treppe hinauf zu Barbara Sandell eilte.

Die junge Witwe trug nun ein schlichtes und langärmliges schwarzes Wollkleid, und ich fand, dass Schwarz genau die richtige Farbe für sie war. Vom schimmernden blonden Haar über die weiße Haut bis hin zu den lebhaften grünbraunen Augen kamen ihre Vorzüge deutlich besser zur Geltung als in der etwas vulgär schimmernden grünen Seide. Die Schlichtheit des Kleids schmeichelte ihrer Figur, und ich stellte neidvoll fest, dass ihr sogar die schwarze Strumpfhose ausgezeichnet stand.

Sie bot mir großzügig an, ihr beachtliches Sortiment an Schuhen durchzuprobieren, und als ich unbeholfen in den eine Nummer zu großen Pumps herumstolperte, sah ich sie das erste Mal lachen. Ich entschied mich schließlich für ein Paar braune Stiefel, die mit Fell gefüttert waren. Da sie sich aus nachvollziehbaren Gründen in der leeren Wohnung rastlos und unwohl fühlte, willigte sie gern ein, mich zurück zum Pfarrhof zu begleiten. Sie warf sich in ihren Persianermantel, setzte eine kleine kokette Pelzmütze auf und sah so reizend aus, dass sich alle Männer nach ihr umdrehten, als wir über den Hof gingen. Falls sich Journalisten unter ihnen befanden, so zeigten sie genug Anstand, Barbara nicht zu belästigen.

Ich erzählte ihr von der Sache mit Connie Lundgren und der Branntweinflasche, konnte meinen Bericht aber nicht beenden, da Barbara abrupt innehielt.

»Ich ... ich habe etwas vergessen«, stotterte sie nervös. »Geh du schon vor, ich laufe noch mal kurz zurück.«

Dass sie dabei zum Friedhof hinübergeschielt hatte, war mir nicht entgangen, und ich fragte mich, warum sie mich wohl so plump stehen ließ. Nachdenklich ging ich weiter in Richtung Pfarrhof. Doch kaum war ich am Zaun angekommen, drehte ich mich neugierig um und hielt Ausschau nach ihrer schwarzgekleideten Gestalt.

Weder auf der Landstraße noch auf dem Sandell'schen Hof fand sich eine Spur von ihr. Doch weil mir einige große Ahornbäume die Sicht versperrten, machte ich mich unwillkürlich auf den Weg, um mit eigenen Augen zu erforschen, was sich hinter der Friedhofsmauer verbarg.

Sachte öffnete ich die gegenüber dem Pfarrhof gelegene Pforte, und sogleich umfing mich die friedlich wehmütige Atmosphäre des Friedhofs und ließ die innerliche Anspannung und das Misstrauen von mir abfallen.

Die große Turmuhr schlug zehn Mal. Es war ein unvergleichlich schöner Weihnachtsmorgen, mit einigen Minusgraden und einem blassblauen Himmel, dessen sanftes Sonnenlicht zwischen den schwarzen Zweigen hervorblitzte. Obwohl die Hecken, Büsche und Bäume weder Blätter noch Blüten trugen, vermittelten sie einem das Gefühl eines beschaulichen Refugiums. Ich schlenderte über die ausladenden Spazierwege und die schmalen Pfade zwischen den Gräbern und machte mich mit den Namen der Frauen, Männer und Kinder vertraut, die hier begraben lagen. Auf einem alten, windschiefen Stein stand in verblichenen Lettern: »Ich weiß, dass mein Erlöser lebt.« Vor manchen Kreuzen und Grabsteinen lagen Kränze aus Tannen- und Preiselbeerreisig, einige waren mit leuchtend roten Beeren verziert. Es war ein idyllisches und friedliches Bild, und wenn über der Idylle ein Hauch von Melancholie lag, erinnerte diese an die unaufdringliche Stimmung in Thomas Grays berühmter Landfriedhof-Elegie.

Mein Blick fiel auf einen hohen und prächtigen, womöglich etwas zu prächtigen schwarzen Stein. Ich trat näher an das von einem Eisenzaun umsäumte Grab und las die Inschrift: »Gerhard Motander. Gründer der Möbelfabrik Kila. *12.9.1896. †30.6.1948.« Demzufolge wäre

Direktor Motander jetzt siebenundfünfzig Jahre alt gewesen; also musste er, wenn ich mich nicht verschätzt hatte, einige Jahre jünger als seine resolute Gattin gewesen sein. Zerstreut überlegte ich, was ihm wohl vor fünf Jahren, am 30. Juni 1948, widerfahren sein mochte.

Auf der Suche nach dem Grab meiner Tante Gudrun schlenderte ich über den schmalen Pfad, der sich um das graue Querhaus der Kirche schlängelte. Und gerade als ich Barbara und ihre Geheimnisse für einen Moment vergessen hatte, lief ich um ein Haar in sie hinein. Ich wich zurück, doch weder sie noch der Mann, mit dem sie ins Gespräch vertieft war, schien mich bemerkt zu haben. Als ich, teils erleichtert, teils beschämt, in den Schatten der Kirchenmauer zurückwich, verschwanden sie aus meinem Blickfeld, und nur die unbekannte Männerstimme drang bis zu mir herüber. Es war, als lauschte man einem halben Telefonat, in diesem Fall dem passiven, einsilbigen Gesprächspartner.

»Nein... Natürlich... Das ist *deine* Entscheidung... Ich muss nur wissen, was du gesagt hast... Du glaubst doch nicht etwa, die Polizei könnte *mir* Angst einjagen?... Ich werde warten. Sobald die Luft rein ist... Versprich mir, Ruhe zu bewahren...«

Da senkte sich auch die Männerstimme zu einem unverständlichen Flüstern, und kurz darauf hörte ich, wie Barbaras Absätze über den Steinweg auf der anderen Seite der Kirche klapperten. In der Überzeugung, auch ihr Gesprächspartner habe sich entfernt, trat ich unbekümmert aus meinem Versteck heraus ins Sonnenlicht. Aber er stand noch da, und mit einem Mal waren wir uns so nahe, dass es ein Leichtes gewesen wäre, ihn am Ärmel seiner gelben Lederjacke zu berühren.

Er hat einen roten Bart und kurz geschorenes Haar, hatte Lotta gesagt. *Und er sieht ein bisschen verrückt aus.*

In der Tat hatte Mårten Gustafsson raspelkurz geschnittenes rotes Haar und den roten Ziegenbart eines Bohemiens, trotzdem fand ich ihn durchaus ansprechend. Er war schätzungsweise fünfundzwanzig bis dreißig Jahre alt, hatte verschmitzte blaue Augen, gesunde weiße Zähne, und allein die Art, wie er seine Zigarette hielt, strotzte vor Lässigkeit.

Als er mich sah, pfiff er leise.

»Sieh an! Hat es etwa Frischfleisch in unser Dorf verschlagen? Und noch dazu so hübsches...«

Von seinem scherzhaft-ironischen Tonfall angestachelt, konterte ich: »Und ich dachte, Sie hätten nur Augen für sehr blonde Blondinen.«

»Ach«, bemerkte er ungerührt, »ich halte es für einen kapitalen Fehler, bei Frauen zu viel Wert auf die Haarfarbe zu legen. Es gibt genug andere Vorzüge...«

Nach einem letzten Zug an der Zigarette ließ er sie zu Boden fallen.

»Und wie heißt so eine reizende Brünette wie Sie?«

»Puck. Puck Bure. Und ich bin«, fügte ich unwillkürlich hinzu, »die Nichte von Pfarrer Ekstedt.«

»Sieh mal einer an. Dann sind Sie also die mutige Dame, die gestern Abend über die Dorfleiche gestolpert ist.«

Jetzt ärgerte mich sein freches Mundwerk schon.

»Über den Tod«, entgegnete ich und klang dabei

so belehrend wie Tekla Motander, »macht man keine Scherze. Offenbar sind Sie mit Barbara Sandell gut bekannt. Schockiert es Sie denn gar nicht, dass ihr Mann ermordet wurde?«

Er antwortete mit einem Achselzucken.

»Er hatte eben zu viel Geld«, sagte er schließlich mit unverändert amüsierter Miene. »Ich kann nichts Ungerechtes oder Abscheuliches daran finden, wenn ein Kapitalist bei einem Raubmord ums Leben kommt.«

»Woher wollen Sie wissen, ob es überhaupt ein Raubmord war?«

Täuschte ich mich, oder huschte ein Anflug von Ernsthaftigkeit über sein übermütiges Gesicht? Doch aufgebracht, wie ich war, ließ ich ihm keine Möglichkeit zu antworten. »Aber natürlich«, sagte ich, ohne darüber nachzudenken. »Sie waren ja dort...«

Seine Augenlider zuckten. Vielleicht vor Überraschung, vielleicht vor Wut.

»Hören Sie mal, Schätzchen! Haben Sie in der Zeitung noch nie darüber gelesen, dass man wegen übler Nachrede verklagt werden kann?«

»Doch, doch«, erwiderte ich ärgerlich, »verurteilt wird man allerdings nur, wenn man keine Beweise für seine Aussage erbringen kann.«

»Und Sie können beweisen, dass... na, was Sie eben behauptet haben?«

»Oh ja. Mein Onkel hat Sie um zehn nach fünf vor dem Hof der Sandells gesehen und Frideborg Janson eine Stunde später ein Stück weiter die Landstraße hinunter.«

Er steckte sich mit geschickten Fingern eine neue

Zigarette an, und in seinen blauen Augen war mit einem Mal ein herausforderndes Funkeln. »Und wenn ich Ihnen sage, dass die beiden sich irren? Oder vorsätzlich lügen...«

»Tord Ekstedt lügt nicht!«, platzte es empört aus mir heraus. »Er ist Pfarrer und –«

»Für Pfarrer habe ich nicht sonderlich viel übrig«, bemerkte Mårten nachdenklich, »vor Pfarrer Ekstedt habe ich allerdings die höchste Achtung. Aber nicht, weil er der Pfarrer ist, sondern – soweit ich das beurteilen kann – ein ungewöhnlich authentischer und anständiger Mensch.«

Mir kam es so vor, als hätten seine letzten Worte eine tiefere Bedeutung, ich konnte aber nicht sagen, welche. Und weil mir keine passende Erwiderung einfiel, beschloss ich, mich nicht weiter auf sein Spiel einzulassen. Mit einem flüchtigen Nicken verabschiedete ich mich vom angriffslustigen Mårten Gustafsson und verließ den wintersonnigen Friedhof.

Im Pfarrhaus war von Barbara keine Spur. Hjördis Holm teilte mir mit, dass alle anderen bereits zu Ende gefrühstückt hätten. Tord sei nach Kila gefahren, um einen Hauptgottesdienst zu feiern, Einar und Lotta seien draußen unterwegs, und Vater mache in seinem Zimmer ein Nickerchen. Nachdem ich ein halbes Schinkenbrot heruntergewürgt hatte, folgte ich Vaters Beispiel.

Erst um halb zwei erwachte ich aus meinem Schlummer und hätte nicht sagen können, was mich geweckt hatte. Vielleicht mein Instinkt. Ich ging in den Salon, wo Eje, Tord und Christer beisammensaßen, und nur wenige

Minuten später stürmte ein keuchender Connie Lundgren herein.

Sein langes, großes Gesicht war bleich wie die Wand, das schüttere graubraune Haar klebte ihm vor Angstschweiß am Kopf, und seine ausnahmsweise nüchternen Augen flackerten ängstlich zwischen Einar und mir hin und her, wanderten dann weiter zu Christer, um sich schließlich, voller Verzweiflung, auf Tords asketisches Gesicht zu heften.

Seine Nervosität übertrug sich unmittelbar auf alle Anwesenden. Tord erhob sich. »Aber Herr Lundgren, was ist denn los?«, fragte er.

Lundgren leckte sich die Lippen und flüsterte dann nur zwei Worte: »*Das Silber!*«

Als er merkte, dass keiner von uns begriff, wovon er sprach, fügte er aufgeregt hinzu: »Es ist alles weg. Die Schatulle für die Oblaten, die Patene, die Kelche... sowohl die neuen als auch die schönen alten. Ich schwöre bei Gott, Herr Pfarrer, es ist nicht meine Schuld! *Jemand hat das Kirchensilber gestohlen.*«

SIEBTES KAPITEL

Tord war nicht der Einzige, dem diese Neuigkeit die Sprache verschlug. Auch wir anderen erschauerten. Hätten die heiligen Abendmahlskelche, die von Generation zu Generation gehütet und nur von frommen Händen und Lippen berührt worden waren, nicht eine besondere Kraft ausstrahlen müssen, die jeden in die Flucht trieb, der sich ihnen mit bösen Absichten näherte? Was musste das für ein Mensch sein, der sich erdreistet hatte, seine gierigen Finger nach den Kelchen und der Patene auszustrecken und diese Gegenstände vom heiligen Ort zu entwenden, an den sie gehörten?

Nach einer Weile sagte Tord schwermütig: »Als wäre der Teufel los. Erst der Mord, und jetzt das...«

Christer musterte mit nachdenklicher Miene den verschwitzten und japsenden Überbringer der Hiobsbotschaft.

»Ich nehme an, Sie sind sich Ihrer Sache vollkommen sicher?«

»Ich wünschte, ich wäre es nicht, das können Sie mir glauben! Aber in der Truhe herrscht gähnende Leere. Das Silber ist weg! Ich habe überall in der Sakristei danach gesucht, für den Fall, dass die Sachen woanders liegen würden... was natürlich noch nie vorgekommen ist.

Aber Fehlanzeige! Außerdem war die Truhe ordentlich verschlossen, und der Schlüssel liegt an seinem gewohnten Platz, der alles andere als leicht zu finden ist, nicht einmal für uns, die wir das Versteck kennen. Ich verstehe nicht, wie ...«

»Kommen Sie«, fiel ihm Christer abrupt ins Wort. »Wir gehen in die Kirche hinüber, dann können Sie mir alles an Ort und Stelle zeigen ...«

Gesagt, getan. Doch noch vor dem Eingang zur Sakristei blieb Christer stehen und fragte, welche anderen Möglichkeiten es gebe, in die Kirche zu kommen.

»Die Fenster können wir schon einmal ausschließen«, bemerkte Einar. »Lassen die sich überhaupt öffnen?«

Tord schüttelte den Kopf.

»Nein«, erwiderte er bitter. »Diebe müssen sich, wie alle anderen Besucher, an die Türen halten. Davon gibt es drei: das Hauptportal an der Westseite, eine Seitentür südlich vom Binnenchor und dann diese Tür zur Sakristei an der Nordseite.«

Christer unterzog Letztere einer gründlichen Musterung. »Hier ist ein Wechselschloss angebracht, nicht?«

»Ja, es ist recht neu, kaum ein halbes Jahr alt. Das alte Schloss war sehr unpraktisch.«

»Und wer besitzt Schlüssel zu den unterschiedlichen Türen?«

»Einen Schlüssel zur Sakristei haben der Kantor und ich, die Schlüssel zu den Kircheneingängen verwahren die beiden Kirchenräte. Der Küster hat natürlich Schlüssel zu sämtlichen Türen.«

Da fiel mir etwas ein. »Arne Sandell war einer der Kirchenräte, nicht wahr?«

»Ja. Der andere ist der Gutsbesitzer Andersson aus Persby. Er und der Schöffe Gustafsson waren rund zwanzig Jahre im Kirchenrat, aber dann zog Gustafsson fort, und Arne Sandell wurde zu seinem Nachfolger ernannt.«

»Zu viele Alternativen«, seufzte Einar. »Von den fünf genannten Personen könnte jeder seinen Schlüssel verloren oder verlegt haben.«

»Ich für meinen Teil«, entgegnete Tord brüskiert, »trage den Schlüssel stets bei mir, und soweit ich weiß, gilt das auch für den Kantor. Und Andersson ist ein Pedant vor dem Herrn...«

»Bleiben Arne Sandell und der Küster...«

»Mein Bruder«, erhob Connie Lundgren Einspruch, »bewahrt seinen Schlüsselbund in einem Schreibtischfach auf. Dort hole ich ihn immer heraus, wenn ich ihn brauche, und lege ihn auch jedes Mal wieder zurück, wenn ich von der Kirche komme.«

Ohne ein weiteres Wort betrat Christer als Erster die Sakristei. Wir folgten ihm in den länglichen, dunklen Raum, dessen einziger Schmuck ein betagtes, naiv hübsches Jesus-Gemälde war. In der kühlen und friedvollen Stille wurden unsere Stimmen unwillkürlich leiser und unsere Bewegungen gemessener.

An einer Wand stand eine eisenbeschlagene, schwarz gebeizte Holztruhe. Connie Lundgren hatte offensichtlich nach seiner ungeheuerlichen Entdeckung den Deckel nicht zugeklappt, weshalb wir augenblicklich feststellen konnten, dass sie in der Tat vollkommen leer war.

Christer starrte in das samtverkleidete Innere, als glaube er, auf diese Weise den sanften Schimmer des altehrwürdigen Silbers herbeizaubern zu können. Tord hingegen wandte sich dem nervös von einem Bein auf das andere tretenden Lundgren zu.

»Was in aller Welt hat Sie dazu veranlasst, die Truhe ausgerechnet heute zu öffnen, Herr Lundgren? Unser letztes Abendmahl ist schon einige Wochen her, und bis zum nächsten ist es noch eine gute Weile hin. Außerdem obliegt es wohl eher der Verantwortung des Kirchenrats, ein Auge auf das Silber zu haben?«

Hätte Lundgren ein schlechtes Gewissen gehabt, es wäre im Kreuzfeuer der gestrengen Blicke von Tord und Christer ganz sicher zutage getreten. Zwar färbten sich seine Wangen und Nase abermals dunkelrot, aber seine Antwort klang ehrlich und glaubwürdig.

»Na ja, seit Gustafsson nicht mehr hier ist, kümmert sich mein Bruder darum. Und Sie müssen verzeihen, aber ich dachte, wenn Sie doch so vornehmen Besuch von Ihrem Bruder und den jungen Herrschaften haben, könnte es doch sein, dass Sie ihnen das Kirchensilber zeigen möchten. Und weil ich doch gestern sowieso hier war und warten musste, bis der Chor fertig gekrächzt hatte, fing ich damit an, das Silber zu polieren. Ich wurde aber nicht ganz fertig – die große, schöne Weinkanne fehlte mir noch –, und als ich heute nach dem Gottesdienst herkam, um Ordnung zu machen, wollte ich sie schnell blitzblank wienern.«

An dieser Stelle warf er Tord einen schuldbewussten Blick zu. »Ich weiß ja, dass Sie nicht besonders erfreut darüber sind, wenn ich mir hin und wieder einen Tropfen genehmige, und da wollte ich Ihnen und den werten Herren von der Polizei beweisen, dass ich meine Aufgaben trotzdem gewissenhaft erledige.«

»In diesem Fall«, bemerkte Christer, »haben wir allen Grund, zufrieden zu sein. Dank Ihnen wissen wir immerhin, dass der Diebstahl innerhalb der letzten einundzwanzig Stunden stattgefunden hat.«

Ich fröstelte und hakte mich bei Einar ein. Im sonst so beschaulichen Västlinge waren also zwei Verbrechen mehr oder minder gleichzeitig verübt worden. Folglich gab es zwischen dem Mord und dem Silberdiebstahl einen bislang unerfindlichen Zusammenhang. Oder etwa nicht?

Als Eje fragte, um welche Stücke es sich im Einzelnen handelte, antwortete Tord mit Stolz und Trauer in der Stimme. »In erster Linie handelt es sich um zwei Kelche, einen aus dem 19. Jahrhundert und einen außerordentlich prächtigen aus dem 15. Jahrhundert. Der ist unser kostbarstes Kleinod und unersetzlich. Außerdem eine Schatulle und zwei Patenen, alles aus echtem Silber. Nur die Kanne, die Herr Lundgren vorhin erwähnt hat, ist aus Neusilber.«

Die nächsten Minuten widmete Christer abermals den diversen Schlüsseln und Schlössern. Der Dieb musste entweder durch die mit dem Wechselschloss versehene Sakristeitür oder die massive – und nie verriegelte – Tür zwischen Sakristei und Kirche eingedrungen sein. Die Truhe selbst war mit einem kräftigen Vorhängeschloss gesichert gewesen, und Lundgren hatte nicht zu viel versprochen, als er behauptet hatte, der Schlüssel sei nur schwer zu finden. Er wurde nämlich nicht in der Sakristei oder ihrer unmittelbaren Nähe aufbewahrt, sondern am anderen Ende der Kirche. Unterhalb der Empore, in einer mit Bänken und Klappstühlen vollgestellten Kammer, lag der bedeutsame Schlüssel in einer dunklen Ecke auf einem schwer erreichbaren Regalbrett. Niemand, der nicht sehr genau wusste, wo sich der Schlüssel befand, hätte ihn also aufs Geratewohl gefunden.

»Allerdings könnte das Vorhängeschloss aufgebrochen worden sein, *ohne* dass man es auf den ersten Blick sieht«, meinte Christer. »Ich werde gleich ein paar unserer Männer herschicken. Lasst uns abwarten, was sie zu sagen haben, bevor wir voreilige Schlüsse ziehen. Herr Lundgren, Sie bleiben bitte hier, damit wir Ihre Angaben zu Protokoll nehmen können. Ich wäre Ihnen dankbar, wenn Sie auch blieben, Herr Pfarrer.«

Da Einar und ich uns etwas fehl am Platz fühlten, gingen wir gemächlich zurück zum Pfarrhof. Dabei versuchten wir vergeblich, Christers Rat zu befolgen und keine voreiligen Schlüsse zu ziehen. Mit diesem nervenaufreibenden Unterfangen waren wir noch immer beschäftigt, als Christer einige Stunden später in den dämmerigen Pfarrhaussalon trat, wo wir mit Vater zusammensaßen.

Seufzend sank er auf das Sofa vor dem prasselnden Kaminfeuer und fragte, wo sich die übrigen Hausbewohner befänden. Erst als er erfahren hatte, dass Tord sich in die obere Etage zurückgezogen hatte, Barbara und Lotta draußen unterwegs waren und Hjördis Holm in der

Küche werkelte, fiel die Anspannung von ihm ab, und er steckte sich genüsslich seine schwarze Pfeife an.

»Das Schloss«, murmelte er gedankenversunken, »wurde *nicht* aufgebrochen. Wer auch immer der Dieb war, er hat die Truhe auf gewöhnliche Weise geöffnet, mit einem Schlüssel.«

»Aber«, platzte ich heraus, »dann ... dann war es also kein Landstreicher? Dabei hatten wir uns gerade darauf geeinigt, dass ein obskurer, umherstreunender Räuber in die Kirche und in Sandells Laden eingebrochen sein muss.«

»Ich für meinen Teil bin zum exakt gegenteiligen Schluss gekommen«, entgegnete Christer entschieden. »Hinter dem Silberdiebstahl steckt zweifelsohne jemand, der sich bestens in der Kirche auskennt. Außerdem können wir davon ausgehen, dass es sich um *keinen* Raubmord handelt. Wie genau diese zwei Verbrechen zusammenhängen, weiß ich noch nicht, und ich schlage vor, wir konzentrieren uns vorerst auf eine Tat.«

Abwesend starrte er ins Feuer.

»Natürlich werden wir auch der Landstreicher-Theorie weiter nachgehen. Wenn wir erst einmal jeden Bewohner von Västlinge und Kila verhört haben, werden wir wissen, ob hier gestern Nachmittag eine mysteriöse Gestalt herumgestreunt ist. Bislang gibt es jedenfalls keine Anzeichen dafür. Außerdem komme ich immer mehr zu der Überzeugung, dass wir hier keinen Mörder ohne Gesicht jagen.«

»Aber ... glaubst du etwa ...«

»Ja, ich halte es für sehr wahrscheinlich, dass der

Mörder in Sandells unmittelbarer Umgebung zu suchen ist.«

Es stimmte also, was ich die ganze Zeit geahnt hatte. Seit ich mit der Fußspitze Arne Sandells weichen, leblosen Körper berührt hatte, wusste ich, dass diese Tragödie ihren Höhepunkt noch nicht erreicht hatte. Arne Sandell war tot – und sein Mörder unter uns. Eine der Personen, denen ich im Laufe dieses merkwürdigen Weihnachtstages begegnet war, ja, mit denen ich sogar gesprochen hatte, war Auslöser jener Bedrohung, die rundherum in der Luft flimmerte. Jemand, der das Leben eines Menschen auf dem Gewissen hatte. Jemand, der sich vor der Polizei fürchtete, der aufgebracht, unberechenbar und womöglich unzurechnungsfähig war... Ich hätte keine konkreten Gründe für die Ängste benennen können, die in mir aufstiegen. Mit Ausnahme von Connie Lundgren hatten sich alle unauffällig und beherrscht verhalten. Doch nun, an diesem Abend des ersten Weihnachtstages vor dem knisternden Birkenzweigfeuer, hätte ich Christer, dem Polizeichef Karsten und all den unermüdlichen Kriminaltechnikern und Polizisten am liebsten zugerufen: »Beeilt euch! Schnappt den Mörder, ehe ein weiteres Unglück geschieht!«

Wie so oft war es Vater, der meine Ungeduld zügelte. Er fixierte Christer und sagte ganz ruhig: »Ein abscheulicher Gedanke, nicht wahr? Die Menschen verdächtigen zu müssen, mit denen man höflich und liebenswürdig umgeht... Sich ständig fragen zu müssen: Ist sie es? Oder er? Das liebenswerte Fräulein Holm, das mir mein Essen serviert? Die freundliche und gesprächige Dame mit den Volants und Hyazinthen? Der eigene Bruder...?«

Wie über seine eigenen Worte erschrocken, verstummte er, doch Einar spann den Gedanken weiter.

»Das schüchterne und unscheinbare Fräulein Susann? Ihre aufgeblasene Mutter? Der kommunistische Jüngling mit dem Motorrad? *Connie Lundgren …?*«

»Du vergisst die blonde und betörende Witwe«, bemerkte ich trocken. »Irgendetwas sagt mir, dass wir auch sie nicht außer Acht lassen dürfen …«

Christer zauberte plötzlich ein Notizbüchlein aus der Tasche seines karierten Jacketts.

»Wir wissen kaum etwas darüber, in welchem Verhältnis Arne Sandell zu diesen Personen stand oder über deren möglichen Motive, ihn aus dem Weg zu schaffen. Unsere einzigen Anhaltspunkte sind ihre echten – oder erfundenen – Alibis. Ich habe mich an einer Übersicht aller Zeitangaben versucht. Wenn ihr mal einen Blick darauf werfen möchtet …«

»Mir ist jetzt schon ganz schwindelig«, stöhnte ich. »Uhrzeiten, Spaziergänge, an- und ausgeschaltete Bürolampen … Aber vielleicht ergibt alles einen Sinn, wenn man es schwarz auf weiß liest. Du hättest aber ruhig etwas deutlicher schreiben und ein anständiges Blatt Papier verwenden können.«

Christer lächelte und rückte ein Stück näher.

»Um zwanzig vor fünf«, begann er, »als sich Susann Motander in Begleitung einer Freundin vor der Einfahrt zum Hof der Sandells von Arne Sandell verabschiedete, war er noch am Leben. Laut des vorläufigen gerichtsmedizinischen Gutachtens starb er vor sieben Uhr. Ich bin mir ziemlich sicher, dass er um halb sechs, als Susann

Motander und Frideborg Janson sein Büro wie auch den Laden völlig verdunkelt sahen, bereits tot war.«

»Aber Connie Lundgren«, schaltete ich mich ein, »behauptet, dass schon früher kein Licht mehr brannte.«

Christer hob verdrossen die Brauen.

»Vermutlich nehmen es so einige nicht ganz genau mit der Wahrheit, aber darauf, dass *dieser* Herr lügt, würde ich ein ganzes Monatsgehalt verwetten.«

Er schob das Notizbüchlein ein Stück zu uns herüber, damit wir besser sehen konnten, und las halblaut vor:

BARBARA SANDELL:
nach Chorprobe zu Hause	16:35
allein in der Wohnung	16.35–17:30
→ im Keller	17:30–ca. 17:38
→ in der Wohnung	17:38–20:30

FRIDEBORG JANSON:
Abmarsch in Kila	16:30
Treffen mit mehreren Mitgliedern des Kirchenchors	16:45–17:00
angebliche Begegnung mit Mårten Gustafsson, knapp 1 km von der Västlinger Kirche entfernt, also ca.	17:10–17:15
ansonsten allein auf der Landstraße Kila → Västlinge	17:00–17:30
bei den Sandells	17:30–17:38
im Pfarrhaus	17:40–17:50
bei den Motanders	17:55 →

SUSANN MOTANDER:
Unterhaltung mit Arne Sandell 16:30–16:40
mit Freundin auf dem Weg 16:40–ca. 17:10
Västlinge → Persby
allein auf dem Rückweg 17:10–ca. 17:30
Persby → Västlinge
allein in ihrem Zimmer 17:30–17:55

TEKLA MOTANDER:
allein zu Hause 16:00–17:55

HJÖRDIS HOLM:
allein im Erdgeschoss 16:00–16:30
mit Einar in der Küche 16:30–16:35
allein im Erdgeschoss 16:35–17:38

TORD EKSTEDT:
unterwegs bei Krankenbesuch 16:00–16:55
allein auf dem Weg Kila → Västlinge 16:55–17:12
allein auf dem Friedhof und 17:12–17:50
in der Kirche

CONNIE LUNDGREN:
Kirche verlassen 16:45
allein auf dem Weg Västlinge → Persby 16:45–18:00
bei Familie in Persby 18:00 →

MÅRTEN GUSTAFSSON:
vor dem Sandell'schen Hof   ca. 17:12
(gesichtet von Pfarrer Ekstedt)
auf der Landstraße zwischen   17:10–17:15
Västlinge → Kila (gesichtet von Frl.
Janson)
eigene Angaben   *nicht vorhanden*

Ich war kaum am Ende von Christers Liste angekommen, als auch schon alle wild durcheinanderredeten:

»Habt ihr schon mit Susann Motanders Freundin gesprochen?«

»Was sagt Connie Lundgrens Schwester?«

»Warum habt ihr Mårten Gustafsson noch nicht verhört? Er war doch heute Morgen hier ...«

Christer interessierte sich sofort für meine letzte, Mårten Gustafsson betreffende, Bemerkung, und ich musste ihm haarklein von meinem Friedhofserlebnis mit dem vorlauten Burschen Bericht erstatten. Erst danach erfuhren wir, dass:

a) Mårten den ganzen Tag für die Polizei nicht zu sprechen gewesen war,

b) zwei kranke Gemeindemitglieder, einige Kirchenchorsänger sowie eine gewisse Britta Andersson aus Persby Tords, Frideborg Jansons und Susann Motanders Angaben bestätigt hatten, und

c) dass die Polizei noch keinen Kontakt mit Connie Lundgrens Schwester Alice aufgenommen hatte.

»Allerdings habe ich mir die Freiheit genommen, sie hierher zu bestellen. Sie müsste jede Minute eintreffen.«

Und tatsächlich teilte uns Hjördis Holm kurz darauf mit, eine Frau Broman *wünsche* den Herrn Kriminalkommissar zu sprechen. Nun ja, dass sie ihn zu treffen *wünschte*, wagte ich zu bezweifeln. Die korpulente, braun gekleidete Frau, die mit ihren von harter körperlicher Arbeit gezeichneten Händen krampfhaft eine schwarze Plastiktüte umklammert hielt und sich nur widerstrebend auf der Vorderkante eines Stuhls niederließ, verspürte wohl kaum das Verlangen, sich der Polizei mitzuteilen. Sie wich Christers Blick beharrlich aus, beantwortete stockend seine Fragen.

»Doch ... Connie war bei uns daheim und hat mit uns den Heiligen Abend gefeiert ... Wann er gekommen ist? Ja, das muss so gegen sechs gewesen sein, wir wollten nämlich gerade Kaffee trinken.«

Alice Broman gehörte augenscheinlich zu dem seltenen Schlag Menschen, die einfach nicht lügen können. Sogar im schwachen Licht des Kaminfeuers waren die roten Flecken sichtbar, die ihren Hals überzogen, und noch ehe sich Christer zu ihr vorbeugte, hatten sich ihre Augen mit Tränen gefüllt.

»Frau Broman, was ist denn wirklich passiert?«, fragte er mit seiner sanftesten Stimme. »Mit Lügen helfen Sie Ihrem Bruder nicht weiter, das verstehen Sie doch? Er ist erst später nach Persby gekommen, nicht wahr?«

Jetzt war der Tränenstrom nicht mehr zu stoppen. Auf der Suche nach einem Taschentuch kramte sie in ihrer schwarzen Plastiktüte.

»Er ... er kam erst um halb neun. Aber er hat uns angefleht zu sagen, er wäre schon um sechs gekommen, sonst würde ihm der Herr Pfarrer böse sein...«

»Hatte er was getrunken?«

Sie schniefte in ihr Taschentuch.

»Der Marsch hatte ihn wahrscheinlich etwas nüchterner gemacht«, erwiderte sie bekümmert. »Aber er hatte bestimmt schon was intus. Und er war so unglaublich nervös.«

Es war, als hätte sie plötzlich völlig vergessen, dass der Mann, dem sie gegenübersaß und ihr Herz ausschüttete, der Leiter der Landesmordkommission war.

»Großer Gott«, schluchzte sie verzweifelt, »was hat er jetzt wieder angestellt? Connie hat schon immer Schwierigkeiten gemacht, wenn er getrunken hat. Und dann diese Sache mit Sandell...«

»Wie bitte?«, hakte ich neugierig nach. »Hatte Ihr Bruder etwas gegen Herrn Sandell?«

»Ich fürchte ja. Das ist eine alte Geschichte, die Connie immer aufwärmt, wenn er betrunken ist. Ich weiß nicht, wie das alles zusammenhängt, aber Sandell kann man die Schuld nicht in die Schuhe schieben, im Gegenteil. Connie hatte ja schon früher in dem Geschäft als Verkäufer gearbeitet, und Sandell war auch hin und wieder dort, als eine Art Aushilfe, wenn er nicht gerade in Kila Taxi fuhr. Na ja, als der Besitzer starb – neun Jahre ist das nun her –, da wollte Connie das Geschäft übernehmen, und Direktor Motander hatte ihm einen Kredit versprochen. Doch dann kam Arne Sandell und legte das Geld bar auf den Tisch. Und wenn Sie mich fragen, hätte nichts Besseres passieren können. Nie im Leben wäre Connie in der

Lage, ein Geschäft zu führen, mit Angestellten und Kassenbüchern. Aber dass seine großen Pläne nicht aufgegangen sind und er bei Sandell als Verkäufer anheuern musste, hat er bis heute nicht verwunden...«

Weiter kam sie nicht. Schon zum zweiten Mal an diesem Tag wurde die Tür zu unserem friedlichen Salon aufgerissen, und ein über die Maßen aufgebrachter Connie Lundgren stürmte herein. Hinter ihm kam Hjördis Holms blasses Gesicht zum Vorschein, aber Lundgren verscheuchte sie wie eine lästige Fliege und stürzte sich dann auf seine Schwester.

»Verflucht! Hat der Teufel dich noch immer nicht geholt? Na, dann kann ich mir schon denken, was passiert ist. Du hast herausposaunt, dass ich nicht vor sieben Uhr von zu Hause losgegangen bin. Niemand wird mir jetzt noch glauben, dass ich nichts mit dem Mord an Arne Sandell zu tun habe!«

Er hielt ihr seine gewaltige Faust vors Gesicht und brüllte: »Dabei war er doch schon *mausetot*, als ich seine Leiche unter den Tresen geschoben habe.«

ACHTES KAPITEL

Die folgenden Sekunden waren von einer so sicht- wie hörbaren Verwirrung geprägt. Alice Broman jammerte, Connie Lundgren fluchte, Hjördis Holm zitterte, Papa seufzte, und Nofretete, die aus ihrem Schlummer gerissen worden war, richtete sich im Stroh der Krippe auf und gab ein mitleiderregendes »Miau« von sich. Daraufhin knipste Christer alle Lampen an, setzte mir das weiße Katzenknäuel auf den Schoß und brachte Lundgren dazu, in einem Sessel Platz zu nehmen. Dann wartete er geduldig, was Letzterer zu berichten hatte. Als Lundgren die Flüche schließlich ausgegangen waren, wischte er sich den Schweiß von der Stirn, schielte, eine Spur reumütig, zu seiner Schwester hinüber und murrte: »Was habe ich bloß verbrochen, dass mir so ein Elend widerfährt? Wie meinen Augapfel hab ich das Kirchensilber gehütet, und trotzdem verschwindet es ausgerechnet dann, wenn ich die Verantwortung dafür trage. Und gestern Abend... ich wollte doch keinem was Böses, nur meine Flasche holen. Woher hätte ich denn wissen sollen, dass ich dabei über eine Leiche stolpern würde... am Heiligen Abend! Gut, ich war ganz schön sauer auf Arne, nachdem der mir den Laden vor der Nase weggeschnappt und kein Sterbenswörtchen gesagt hat, bis alles in trockenen Tüchern war, das gebe ich zu ... Aber als ich ihn dort am Boden liegen sah, blutüberströmt, mit weit aufgerissenen Augen, das hat mir einen solchen Schock versetzt, als wäre er mein eigener Bruder. Ich begriff natürlich gleich, dass ich da in eine verdammt heikle und unschöne Angelegenheit hineinrutschen konnte. Und, na ja, ganz nüchtern war ich auch nicht mehr – immerhin war doch Feiertag, und als ich so allein zu Hause saß, da habe ich mir drei, vier Gläschen genehmigt –, jedenfalls hatte ich den Einfall, die Leiche zu verstecken, damit sie nicht gleich entdeckt würde. Also schob ich ihn unter den Tresen, und von dort aus konnte er mich auch nicht mehr mit seinen toten Augen anstarren. Aber dann wurde mir bald klar, dass es wahrscheinlich eine ziemliche Schnapsidee gewesen war, ihn anzurühren. Ich war wie gelähmt vor Schreck. Na, und die Flasche hatte ich auch nicht mitgenommen, obwohl ich sie mehr denn je gebraucht hätte, das können Sie mir glauben ...«

Er brach ab und blinzelte nervös zum Pfeife rauchenden Christer hinüber. Der wiederum verzog keine Miene und hatte den Blick auf den glitzernden Stern an der Christbaumspitze geheftet. Auch während er eine Frage nach der anderen stellte, ließ er den Stern nicht aus den Augen.

»Sie sind also dazu bereit, Ihre früheren Angaben zu revidieren, Herr Lundgren. Sehe ich das richtig? Lassen Sie uns noch einmal den zeitlichen Ablauf durchgehen. Um drei wurde das Geschäft geschlossen. Was taten Sie dann?«

»Ich ging gleich zur Kirche rüber. Und da blieb ich, bis

der Chor und der Kantor fort waren. Dann schloss ich ab und machte mich auf den Heimweg.«

»Sie wohnen in dem kleinen gelben Häuschen auf der anderen Seite des Friedhofs, oder?«

»Ja... ich muss dort gegen Viertel vor fünf angekommen sein. Ich habe Kaffee aufgesetzt und ein paar Brote geschmiert und... wie gesagt, dann habe ich mir ein paar Gläschen gegönnt, und weiß der Teufel, ob ich nicht auch kurz eingenickt bin. Ich erinnere mich nämlich, dass dieser Madsén im Radio gerade irgendwen interviewt hat, eine Holzfäller-Emma oder so. Und dann, plötzlich, sagte eine völlig andere Stimme, es sei an der Zeit für die Sieben-Uhr-Nachrichten. Und dann musste ich mich sputen, weil ich Alice doch versprochen hatte, mit ihnen Weihnachten zu feiern. Also habe ich mich schnell frisch gemacht und die Beine in die Hand genommen; schon in den letzten Wochen sind die Straßen so glatt und rutschig gewesen, da war ans Fahrrad nicht zu denken...«

»Und warum der Abstecher zu Sandells Laden, wenn Sie es doch so eilig hatten?«

Lundgren rutschte auf seinem Stuhl hin und her und warf seiner Schwester nervöse Blicke zu.

»Jaaa, wissen Sie, ich hatte meinem Schwager doch versprochen, ein Weihnachtströpfchen mitzubringen. Aber die einzige Flasche, die ich noch hatte, lag in meiner Kammer im Geschäft.«

»Wie sind Sie hineingekommen?«

»Durch den Privateingang natürlich. Ich dachte, ich müsste raufgehen und Arne bitten, mir aufzusperren, aber vorher wollte ich noch die Türen im unteren Flur kontrollieren. Und da hab ich gemerkt, dass die Türen zum Lager und zum Geschäft abgeschlossen waren, aber die zum Büro stand offen. Mir fiel natürlich ein Stein vom Herzen, und ich ging schnell hinein.«

Diesmal war es Einar, der Christers Lieblingsfrage stellte: »Brannte da im Büro noch Licht?«

»Nein, es war stockduster. Aber ich hab das Licht im Laden angeknipst, um zu meiner Kammer zu finden. Aber... so weit bin ich gar nicht gekommen. Gerade als ich die Tür öffnen wollte, fühlte ich mich irgendwie beobachtet. Ich drehte mich um, und... und...«

Mit aufrichtiger Verzweiflung in der Stimme sagte er:

»Warum zum Teufel musste ich bloß da hingehen? Jetzt sehe ich ihn die ganze Zeit vor mir. Die ganze Zeit!«

Christer fuhr ungerührt fort: »Glauben Sie, er war schon länger tot?«

»Na ja, ich kann mir nicht vorstellen, dass er erst eine Viertelstunde vorher erschlagen worden war.«

»Wo hat die Axt gelegen?«

»Die A... die Axt?«

Lundgren brachte das Wort kaum über die Lippen. Bekam er es jetzt mit der Angst zu tun oder stand er bloß neben sich?

»Von einer Axt weiß ich nichts«, entgegnete er mürrisch.

»Dann haben Sie sie auch nicht abgewischt?«

»Ich? Nee...«

Und das waren Connie Lundgrens letzte Worte für diese Runde, denn Frau Broman, die bis zu diesem Zeitpunkt stumm und aufmerksam zugehört hatte, brach erneut in Tränen aus. Als sie sich endlich beruhigt hatte, wies Christer Lundgren an, sich unverzüglich bei Polizeichef Karsten zu melden, und er und seine Schwester verschwanden.

Sobald die Tür ins Schloss gefallen war, wandten wir uns Christer zu. Wortlos griff er nach seinem Notizbüchlein, strich die Angaben unter der Überschrift »CONNIE LUNDGREN« durch und notierte in mikroskopisch kleinen Buchstaben eine Reihe neuer Angaben:

in der Kirche	15:10–16:45
allein zu Hause	16:45–19:00
im Geschäft	19:05–19:15
auf dem Weg	
von Västlinge → Persby	19:15–20:30

Einar zog gedankenversunken an seiner Pfeife. »Kann man dieser letzten Version nun Glauben schenken? Er hatte genug Zeit, sich seine Geschichte zusammenzureimen.«

Christer quittierte dies mit einem nichtssagenden »Hm«.

»Mir jedenfalls tat er leid«, murmelte Vater.

Hjördis Holms schwermütiges Gesicht sah müde und blass aus, als sie sagte: »Großer Gott, das war… richtig unheimlich. Wie in aller Welt soll man erkennen, ob jemand die Wahrheit sagt oder lügt?«

Christers tiefblaue Augen wanderten zu ihr, die fast so klar waren wie Glas.

»Sagen Sie, seit wann wohnen Sie eigentlich in Västlinge?«, fragte er plötzlich.

War sie da gerade zusammengezuckt, oder handelte es sich lediglich um eine jener »Einbildungen«, die mein Vater mir unterstellte? Nervös an ihrer weißen Spitzenmanschette nestelnd, erwiderte sie: »Am 15. Januar wohne ich seit genau einem Jahr hier. Davor habe ich einige Jahre als Haushälterin beim Stadtarzt von Östersund gearbeitet, aber als der geheiratet hat, musste ich mir eine neue Anstellung suchen. Eine Freundin zeigte mir Pfarrer Ekstedts Annonce, und auf die habe ich mich dann beworben.«

»Und Sie waren vorher noch nie in Västlinge gewesen?«

»Nein.«

»Das heißt, Sie waren mit keinem der Menschen bekannt, denen Sie nun tagtäglich begegnen?«

»Nein.«

Sie klang entschieden und fragend zugleich – so, als grübele sie darüber nach, worauf Christer hinauswollte. Dies blieb ihm nicht verborgen.

»Mich würde interessieren«, erklärte er, »welchen Eindruck ein Mensch wie Connie Lundgren auf Sie als außenstehende Person macht. Ich nehme an, das Dorfgeschwätz hat Sie noch nicht allzu sehr beeinflusst, aber trotzdem haben Sie ihn öfter erlebt als wir. Was ist er für ein Mensch?«

Sie runzelte ihre geraden Brauen und schien merklich darum bemüht, objektiv zu sein und ihre Worte mit Bedacht zu wählen. »Er ist... na ja, es ist schwer zu sagen, wie man ihn antrifft. Wenn er trinkt, und das ist nicht gerade selten der Fall, dann ist er kaum zu bändigen. Er wird streitsüchtig, laut und handgreiflich, und ich bezweifle, dass er hinterher noch weiß, was er im Suff angezettelt hat. Unglücklicherweise wohnt er bei seinem Bruder, unserem Küster, und er will ihm gerne zur Hand gehen; aber dafür ist er natürlich völlig ungeeignet, was dem Herrn Pfarrer so einigen Kummer bereitet. Aber wenn er nüchtern ist… ja, dann kommt er mir manchmal so nett und gutmütig vor wie ein großer Bernhardiner… andererseits… kann er eben auch gemein und hinterhältig sein. Ach, ich weiß selbst nicht, was ich von Connie Lundgren halten soll.«

Christer schien sich mit ihrer Antwort zu begnügen.

»Und Arne Sandell?«, fuhr er neugierig fort. »Was war der für ein Mensch?«

Erneut zögerte sie, ehe sie antwortete. »Ach, Arne musste man einfach gernhaben. Er war immer zu einem Plausch aufgelegt, fröhlich und lachte viel. Und gut sah er aus mit seinen Locken und den braunen Augen. Aber reizen durfte man ihn nicht, denn er konnte furchtbar böse werden. Und wenn es um Geld ging, neigte er manchmal zur Leichtsinnigkeit. Jedenfalls las er Barbara jeden Wunsch von den Augen ab, ganz gleich, ob es nun ein Pelz oder ein Grammophon war…«

Den letzten Satz sprach sie mit dem sehnsüchtigen Neid eines Menschen aus, der selbst noch nie mit kleineren oder größeren Aufmerksamkeiten bedacht worden ist. Da fragte ich mich, warum Hjördis Holm mit ihren vierzig Jahren eigentlich noch unverheiratet war.

Ihr Äußeres war durchaus ansprechend – das dunkelbraune Haar und die hellblauen Augen konnte man sogar als hübsch bezeichnen –, und obendrein war sie eine vorbildliche Haushälterin, gelassen und zurückhaltend und sympathisch. Aber was Männer über Frauen, deren Vorzüge und den weiblichen Charme im Allgemeinen dachten, das war bekanntlich ein großes Mysterium, und im Laufe des Abends sollten sich noch reichlich Gelegenheiten bieten, selbiges zu studieren...

Ob wir nun um den großen Esszimmertisch versammelt saßen oder bei einer Tasse Kaffee im Salon plauderten, es war stets dasselbe: Lotta und ich wurden von Einar, Vater, Tord und sogar Christer höchstens sporadisch beachtet, Hjördis Holm übersahen sie ganz, aber der blonden Barbara in ihrem schwarzen Trauerkleid schenkten sie Augen, Gehör und überhaupt ihre gesamte Aufmerksamkeit. Und das, obwohl es doch Hjördis Holm war, die für unser Wohlergehen sorgte. Sie hatte die köstlichen Steaks gebraten, die wir verspeisten, die Pfefferkuchen gebacken, die Eje Barbara so eifrig anbot; sie servierte Christer seinen Kaffee mit Zucker und Vaters mit Kaffeesahne und war stets zu Diensten, um Tord jeden noch so kleinen Wunsch von den Augen abzulesen. Trotzdem musste sie ihn zweimal fragen, ob sie ihm nachschenken dürfe, weil er die Augen kaum von der schönen Barbara abwenden konnte. Für einen kurzen Moment begegnete ich ihrem Blick, in dem ich Belustigung, aber auch Resignation las. Und während ich Barbaras arglosem, aber banalem und oberflächlichem Geplänkel lauschte, hatte ich nicht übel Lust, meine gesamte männliche Verwandtschaft ordentlich durchzuschütteln. Ich begnügte mich jedoch damit, eine hochkomplexe Unterhaltung über die rechte Lesart von Pär Lagerkvists letztem Gedichtband einzuleiten, was mir kurzzeitig Befriedigung verschaffte, da die junge Witwe rein gar nichts dazu beitragen konnte. Leider galt das auch für Hjördis Holm, was die Freude über den Erfolg meines kleinen Manövers entschieden trübte.

Ansonsten ereigneten sich an diesem Abend des ersten Weihnachtstags kaum erwähnenswerte Zwischenfälle. Immer wieder drehten sich die Gespräche, wie hätte es anders sein sollen, um Arne Sandells Tod, und ich entsinne mich Barbaras blassen und erschrockenen Gesichts, als sie begriff, dass Christer die Raubmord-Theorie mittlerweile verworfen hatte.

»Aber ... aber warum ist er dann ermordet worden?«

»Tja«, erwiderte Christer bedächtig, »was glauben Sie? Irgendetwas muss es gewesen sein – könnte ein alter Feind dahinterstecken? Sie haben angedeutet, dass wir Connie Lundgren im Auge behalten sollten. Möglicherweise ist das die richtige Spur, vielleicht aber auch nicht. Fällt Ihnen sonst etwas ein, das von Bedeutung sein könnte? Hat sich Ihr Mann in letzter Zeit irgendwie auffällig oder eigentümlich verhalten?«

Ein Nussknacker glitt aus Barbaras Schoß zu Boden, aber das bemerkte sie nicht. Die sorgfältig geschminkten, weichen Lippen waren leicht geöffnet, wie zu einer Frage.

»In letzter Zeit ist er tatsächlich sehr nervös gewesen. Obwohl ... nervös ist nicht das richtige Wort. Er war irgendwie geistesabwesend, nicht so fröhlich wie sonst.

Ich dachte, er hätte vielleicht Geldsorgen, und wahrscheinlich hatte er die auch. Er hatte mir versprochen, mit dem Taxifahren aufzuhören und dass wir uns ein neues Privatauto anschaffen würden. Aber dann meinte er plötzlich, wir könnten uns das in diesem Jahr nicht leisten.«

»Haben Sie Ihrem Mann bei der Buchhaltung geholfen?«

»Ja, um die Abschlüsse habe ich mich gekümmert. Arne hatte ja nie gelernt, wie man ordentlich Buch führt, aber ich kannte mich damit aus.«

»Bis zu Ihrer Hochzeit hatten Sie als Privatsekretärin gearbeitet, oder?«

»Ja, bei Direktor Motander. Bis er verstarb.«

Das war mir neu. Ich überlegte, wie sich diese Information in das allmählich Gestalt annehmende Muster einfügte. Tekla Motander hatte Arne Sandell nicht ausstehen können. Seine Frau hatte sie sogar eine Schlampe genannt. Barbara hatte bei Gerhard Motander als Sekretärin gearbeitet, bis zu seinem Tod am 30. Juni 1948 ... Viel weiter kam ich mit meinen Überlegungen jedoch nicht, da ein höchst unerwarteter Gast hereinschneite.

Ohne die Klingel zu bemühen, war Mårten Gustafsson ins Haus gestürmt und stand jetzt mitten im Salon. Er trug noch immer seine dunkle Skihose und die gelbe Lederjacke, keine Kopfbedeckung über dem kurzen Haar, und über dem roten Ziegenbart wippte eine frisch angesteckte Zigarette in seinem Mundwinkel. Er deutete eine ironische Verbeugung an.

»Das ist mal eine Überraschung, was?«, sagte er, ohne

die Zigarette aus dem Mund zu nehmen. »Der kleine Mårten spaziert aus freien Stücken in die Höhle des Löwen.«

Über Tords hageres Gesicht huschte ein flüchtiges Lächeln: »Mit dem Löwen meinst du wohl Kommissar Wijk, oder? Vor mir werden dir ja wohl kaum die Knie schlottern.«

»Wie man's nimmt, Herr Pfarrer. Aber um ehrlich zu sein, fürchte ich die Polizei wahrscheinlich weniger als den Klerus.«

Barbara sprang ängstlich von ihrem Stuhl auf. »Mårten! Was willst du hier? Ich habe dir doch gesagt, du sollst dich fernhalten, bis ...«

»Hab gehört, die Polizei sucht nach mir, Schätzchen.« Seine blauen Augen blickten sie schelmisch an. »Da dachte ich, ich stelle mich dem Chef persönlich vor. In der heutigen Gesellschaft kann man schließlich nie wissen, was einem sonst passiert.«

»Da bin ich Ihnen sehr verbunden«, bemerkte Christer. »Gehe ich recht in der Annahme, dass Sie Mårten Gustafsson sind? Und Sie wohnen nicht in Västlinge, sondern im Nachbardorf, nicht wahr?«

»Richtig. Mein Alter ist erst neulich nach Kila gezogen, was er übrigens zutiefst bereut. Er sagt, die Kirche gefällt ihm hier besser, sie hätte mehr *Atmosphäre*. Und jetzt hockt er daheim und jammert in einer Tour, weil er irgendwo aufgeschnappt hat, die heiligen Abendmahlskelche seien gestohlen worden. Er macht höchstens ein Päuschen, um für seinen einzigen, auf unheiligen Wegen wandelnden Sohn zu beten.«

»Mir reicht schon, wenn Sie mir sagen, auf welchen Wegen Sie gestern Nachmittag um fünf Uhr wandelten.«

Endlich nahm Mårten die Zigarette aus dem Mund und aschte in den Kachelofen.

»Es gibt Dinge, die behält man lieber für sich«, bemerkte er leichthin. »Sagen wir, ich bin ein paar Stunden mit meinem Motorrad rumgedüst. Reicht das?«

Christer sah ihn ein wenig misstrauisch an: »Sie haben also den weiten Weg hierher auf sich genommen, bloß um mir zu sagen, dass ... Sie nichts sagen?«

»Alle Achtung, Herr Kommissar, Sie haben den Nagel auf den Kopf getroffen. Und da das nun geklärt wäre, darf ich mich vielleicht gleich wieder verabschieden ...«

»Du Dummkopf!« Tord klang traurig und wütend zugleich. »Mit deinem Auftreten machst du alles nur noch schlimmer. Verstehst du nicht, dass jemand ermordet wurde? Es ist deine Pflicht, sämtliche Fragen zu beantworten, um –«

Und dann, ohne ersichtlichen Grund, brach Tord mitten im Satz ab und lief dunkelrot an. Mårten hingegen zuckte gleichgültig mit den Achseln.

»Meine Aufgabe ist es nicht, Diebe und Mörder zu fangen, darum kümmert sich die Polizei. Und ich bin niemand, der einer so fleißig schuftenden Zunft die Arbeit wegnimmt.«

Er trat seine Zigarette auf dem Blech vor dem Ofen aus und wandte sich zum Gehen.

»Komm, Barbara«, sagte er schroff. »Ich möchte mich mit dir über ein oder zwei Dinge unterhalten.«

Christer suchte Barbaras grün funkelnden Blick. In seinen Augen lagen ein Befehl und eine Warnung.

»Frau Sandell hat sicher nichts dagegen, wenn wir der Unterhaltung beiwohnen.«

Mårten Gustafsson erstarrte. Trotzdem klang seine Stimme auffallend sanft, als er fragte: »Ist sie schon festgenommen?«

»Selbstverständlich nicht.«

»Bin *ich* festgenommen?«

»Nein, aber...«

»Dann fällt mir kein Grund ein, warum Sie uns freie Mitbürger daran hindern könnten, unserer Wege zu gehen.«

Nun waren es Barbaras Augen, die deutliche Warnsignale aussendeten.

»Bitte, Mårten, fang doch keinen Streit an! Ich habe dir nicht mehr zu sagen, als du schon weißt. Geh jetzt, bitte!«

Mårten tat, wie ihm geheißen, während Lotta, die mit einem Buch hinter dem großen Sofa gekauert hatte, gähnend aus ihrem Versteck hervorkroch.

»Der ist genau wie ein Junge in meiner Klasse«, sagte sie. »Jeden Tag macht er sich einen Spaß daraus, unsere Lehrerin zu ärgern, und er tut nie, was sie sagt. Im Gegenteil. Wir anderen sind ihn sterbensleid, aber na ja, irgendwie ist er trotzdem ganz nett. Allerdings hat er keine roten Haare und auch keinen so lustigen Bart...«

Bei der bloßen Vorstellung, ihr Klassenkamerad hätte einen roten Ziegenbart, begann sie zu kichern.

Sie kicherte noch, als sie in ihrem gemütlichen Zimmer ins Bett gekrochen war. Ich hatte mich gerade hineingeschlichen, um ihr eine gute Nacht zu wünschen, da sollte Lotta für die letzte Sensation des Abends sorgen.

Ich erzählte ihr, dass Barbara und Christer im Pfarrhaus einquartiert worden waren und Hjördis Holm ihnen gerade zwei Gästezimmer im Dachgeschoss herrichtete. Lotta platzte beinahe vor Freude.

»Es sollten immer so viele Leute hier sein, dann ist mehr Trubel im Haus.«

Während sie Nofretete am Hals kraulte, setzte sie versonnen hinzu: »Ich wünschte, Papa würde noch mal heiraten. Es wäre so schön, wieder eine Mutter und ein richtiges *Zuhause* zu haben.« Ruckartig richtete sie sich auf. »Du, Puck! Jetzt, wo Arne tot ist ... da hat Barbara doch niemanden mehr, mit dem sie verheiratet ist, und Papa hat auch niemanden, da könnten die beiden doch ...«

»Und was wird dann aus Tante Hjördis?«, fragte ich vorsichtig. »Sie könnte dann nicht mehr bei euch arbeiten. Wäre es nicht vielleicht besser, dein Vater würde *sie* heiraten?«

Lotta schüttelte den dunkelblonden Kopf. »Das geht nicht. Sie ist doch in einen anderen verliebt.«

Stumm vor Verwunderung versuchte ich, diese verblüffende Neuigkeit zu verdauen. Lotta sinnierte währenddessen auf ihre altkluge Art: »Obwohl ... vielleicht ist das nun vorbei. Sie war nämlich in Arne verliebt. Und jetzt, wo er tot ist ...«

»Lotta, Liebes«, flüsterte ich. »Was redest du da? Woher weißt du das?«

»Aber ich habe die beiden doch gesehen ... öfter ... auf dem Friedhof. Ich habe gehört, wie sie sich unterhalten haben. Er hat nur ›ja, ja, ja‹ gesagt, aber Tante Hjördis meinte, ›ich lass dich nicht gehen, bevor du meine Haut mit tausend Küssen bedeckt hast, o, du mein heimlicher Geliebter bis in alle Ewigkeit‹. Klingt das nicht wundervoll?«

Gerade noch rechtzeitig erinnerte ich mich an die lebhafte Fantasie meiner Nichte sowie an die Tatsache, dass sie trotz ihres jungen Alters äußerst bewandert in jener Literatur war, die sich durch Formulierungen wie »mein heimlicher Geliebter bis in alle Ewigkeit!« auszeichnete. Ich seufzte erleichtert, und vermutlich hätte ich dieser Unterhaltung keine weitere Bedeutung beigemessen, wenn ich nicht aus den Augenwinkeln wahrgenommen hätte, dass die Tür zum Flur geöffnet worden war und Hjördis Holm im Zimmer stand.

Ein Blick in ihr Gesicht verriet mir zweierlei.

Erstens: Sie hatte mindestens das Ende von Lottas Schilderungen mitbekommen.

Zweitens: Das Gehörte hatte sie gewaltig aufgebracht.

NEUNTES KAPITEL

»Hat sie denn sonst gar nichts gesagt?«
Es war das dritte Mal, dass Einar diese Frage stellte, und das dritte Mal, dass ich sie verneinte.

»Sie sagte nur, sie könne sehen, dass Lotta in guten Händen sei, und dann ist sie verschwunden.«

Seufzend knipste Einar seine Nachttischlampe aus.

»Wir sollten zusehen, dass wir ein bisschen Schlaf bekommen, sonst sind wir morgen zu nichts zu gebrauchen. Mit unseren Grübeleien und Theorien kommen wir ohnehin nicht weiter. Wir haben bloß hie und da etwas aufgeschnappt, und vielleicht ergibt das alles einen Sinn, wenn man die losen Fäden richtig miteinander verbindet, aber dafür wissen wir noch zu wenig.«

»Am meisten irritiert mich«, sagte ich ins Dunkel, »dass *die Menschen* keinen Sinn ergeben. Hjördis Holm zum Beispiel! Oder Barbara und Connie Lundgren ... Ich werde aus denen einfach nicht schlau. Sogar Tord verhält sich seltsam. Glaubst du, er ...«

»Gute Nacht«, murmelte mein Mann und war schon wenige Augenblicke später eingeschlafen.

In meinem Kopf drehten sich die Gedanken und formierten sich zu einem Reigen tanzender Fragezeichen, der mich unweigerlich mitriss. Ich konnte kaum atmen und noch viel weniger denken.

War Hjördis Holm wirklich in Arne Sandell verliebt gewesen?

Warum war Barbara eine Schlampe?

Wer hatte das Kirchensilber gestohlen?

Was empfand Tord für die schöne Barbara?

Hatte Frideborg Janson tatsächlich einen Schatten hinter die Garage huschen sehen?

Wenn ja, wessen Schatten?

Warum war die Tür zum Geschäft nicht verriegelt gewesen?

Was lief zwischen Barbara und dem rotbärtigen Mårten?

Was hatte Tord die Schamesröte ins Gesicht getrieben?

Was hatte der Dieb mit dem kostbaren Abendmahlskelch vor?

Wollte er ihn einschmelzen?

Welche Rolle spielte Susann?

Was wusste Barbara über Tekla Motander?

Hatte Connie Lundgren womöglich *vergessen*, die Silbertruhe abzuschließen?

Wer hatte Arne mit der Axt aus seinem eigenen Laden erschlagen?

Waren Barbara und ihr Mann tatsächlich so glücklich gewesen, wie sie es uns glauben machen wollte?

Konnte man Connie Lundgrens Aussage Glauben schenken?

War Barbara wirklich im Keller gewesen, als Frideborg nach ihr gesucht hatte?

Oder doch woanders?

Und wenn ja, wo?

Als ich aufwachte, saß Einar neben mir im Bett und hielt mich in den Armen.

»Puck, Liebes, was ist los? Du hast im Schlaf immer wieder ›Barbara, Barbara‹ gerufen, als wolltest du das ganze Haus aufwecken.«

Zitternd schmiegte ich mein Gesicht an seinen Hals.

»Barbara, ja...«, wimmerte ich. »Ich habe von ihr geträumt. Ich frage mich...«

Einar rutschte wieder in die Waagerechte und murmelte schlaftrunken: »So ein Zufall... ich habe auch von ihr geträumt.«

Das war zu viel. Ein Mann, der neben seiner besseren Hälfte im Bett lag und ihr berichtete, er habe soeben von einer kurvigen Blondine geträumt, konnte wohl kaum erwarten, besagte bessere Hälfte würde ihm stillschweigend erlauben, in seine Traumwelt zurückzukehren. Ich war erst mit ihm fertig, als er geschworen hatte, die verführerische Barbara nie wieder eines Blickes zu würdigen, geschweige denn, von ihr zu träumen...

Am nächsten Tag wachte ich erst nach halb zwölf auf. Ejes Bett war leer, doch auf dem Kopfkissen lag ein kleiner Zettel: »Guten Morgen, Schlafmütze. Ich bin mit Barbara in die Kirche gegangen. Ein Familienmitglied muss schließlich den Part des Frommen übernehmen. *Pax tecum.*«

Ich schlüpfte in meine Kleider und bürstete mir energisch die Locken, bis sie blauschwarz glänzend über mein rotes Jerseykleid fielen. Dabei befragten meine nicht minder schwarzen Augen ihr Spiegelbild, weshalb sogar verliebte und verheiratete Männer und vielversprechende Mediävistik-Professoren sich in Schoßhündchen verwandelten, sobald sie eine Blondine mit grünen Augen erblickten – selbst wenn diese eher banal und durchschnittlich war. Diese Frage beschäftigte mich noch, als ich zu Hjördis Holm ins Esszimmer trat.

Sie trug wieder dasselbe Kleid wie am Vortag, doch die Spitze an Kragen und Ärmeln strahlte so blendend weiß, dass sie frisch gewaschen sein musste. Ihre ungeschminkten Lippen waren blass, ihre Augen sehr müde, doch ohne sich anmerken zu lassen, welche Umstände ihr Gäste bereiteten, die sich nicht an die Essenszeiten hielten, servierte sie mir Köttbullar, Schinken und Salzkartoffeln mit Presssülze. Kaum dass ich den gröbsten Hunger gestillt hatte, fragte ich sie aufgebracht: »Ist blondes Haar denn wirklich so viel reizvoller als brünettes?«

Sie strich sich unbewusst über ihr eigenes dunkles Haar und lächelte vieldeutig. »Männer scheinen das jedenfalls zu finden, und ihre Meinung ist wohl ausschlaggebend. Denken Sie an jemand Bestimmten?«

»Nenn mich doch bitte Puck«, sagte ich rasch.

Sie nickte nur zerstreut.

»Dachtest du an jemand Bestimmten? Vielleicht an... Barbara Sandell?«

»Ja«, erwiderte ich. »Wobei ich zugeben muss, dass sie nicht nur Haare, sondern auch noch wohlgeformte Hüften, Beine und Brüste zu bieten hat. Aber hat sie auch Köpfchen?«

»Oh ja«, meinte Hjördis. »Sie mag zwar oberflächlich,

verwöhnt und ziemlich unordentlich sein, aber dumm ist sie ganz bestimmt nicht. Und wenn sie sich etwas in den Kopf setzt, dann kriegt sie es auch...«

»Was hatten sie und ihr Mann denn für ein Verhältnis? Weißt du etwas darüber?«

»Ein gutes, nehme ich an. Arne war jedenfalls sehr verliebt in sie...«

Hjördis hatte mir gegenüber an dem länglichen Esstisch Platz genommen. Ermutigt von ihrem klaren Blick, wagte ich, ganz offen mit ihr zu sprechen.

»Lotta hat mir gestern eine interessante Geschichte erzählt... über Arne und dich. Das romantische Ende hast du mitbekommen, nehme ich an. Wie kommt die Kleine auf solche Ideen?«

Hjördis zögerte nur den Bruchteil einer Sekunde, ehe sie leise und ernst antwortete.

»Sie hatte recht... auf gewisse Weise. Sie muss uns auf dem Friedhof belauscht haben. Natürlich habe ich nicht so blumig und geschraubt dahergeredet... das hat sie bestimmt aus einem dieser Liebesromane, die ich vergeblich vor ihr verstecke. *Mehrmals* kann sie uns auch nicht gesehen haben, denn wir haben uns nur einmal getroffen. Aber abgesehen von ihren fantasievollen Ausschmückungen, hat sie die Situation schon richtig erfasst. Arnes gelangweiltes und gleichgültiges ›ja, ja, ja‹, und dass ich... auf ihn eingeredet habe.«

In ihrer Stimme schwang ein Hauch von Verbitterung mit. Trotzdem kam es mir so vor, als wäre es ihr eine Erleichterung, sich den Kummer von der Seele zu reden. Im nächsten Augenblick beugte sie sich zu mir vor und fragte flehentlich: »Darf ich dir die ganze Geschichte anvertrauen? Es quält mich so, dass ich dem Kommissar nicht die Wahrheit gesagt habe... die ganze Nacht habe ich grübelnd wach gelegen... Aber du weißt ja, wie es ist: Man glaubt, man könnte seine Geheimnisse für sich bewahren, auch wenn man in einen Mordfall verwickelt ist. Aber je länger ich darüber nachdenke, desto mehr sehe ich ein, dass die Polizei sehr wohl von einem verlangen kann, all seine Geheimnisse preiszugeben... auch solche, die gar nichts mit dem Mord zu tun haben. Aber... es fällt mir leichter, mich dir anzuvertrauen als den Herren von der Polizei. Vielleicht könntest du an sie weitergeben, was ich dir erzähle, wenn es dir nichts ausmacht...«

Im Stillen hegte ich die Vermutung, sie mache viel Lärm um nichts und lamentiere unnötig lange herum, ehe sie mir gestehen würde, dass auch sie, wie »alle Weiber weit und breit« dem legendären Charme des Kaufmanns erlegen war. Doch ihre Enthüllung war viel spektakulärer.

Sie atmete tief durch und faltete auf der Tischdecke die Hände.

»Weißt du«, sagte sie, »ich kannte Arne Sandell schon lange, bevor ich nach Västlinge kam. Und ehrlich gesagt, hätte ich Pfarrer Ekstedts Annonce kaum wahrgenommen, wenn er nicht ausgerechnet hier gewohnt hätte, in Arnes Nähe. Ich ahnte ja nicht, dass es *so* nah war...«

»Fang ganz von vorne an«, bat ich sie neugierig.

Sie runzelte die geraden schwarzen Brauen, wie sie es zu tun pflegte, wenn sie ihre Gedanken sortierte.

»Na schön... es begann wohl damit, dass mich die

Männer nie eines Blickes gewürdigt haben, weil ich so hässlich und unscheinbar bin.«

Ich erhob auf der Stelle Einspruch. »Was redest du da? Du bist weder hässlich noch unscheinbar.«

Sie blickte mich verwundert an. »Natürlich bin ich das. Und damit habe ich mich längst abgefunden, du musst mich nicht trösten. Außerdem lag es nicht nur an meinem Aussehen. Ich war schwermütig und verschlossen, hatte nie viel Umgang mit Gleichaltrigen... Mein Vater besaß einen kleinen Hof im nördlichen Jämtland. Als ich fünfzehn war, starb meine Mutter, und von da an war ich für den Haushalt verantwortlich, bis zu *seinem* Tod. Da war ich schon achtundzwanzig.«

»Hast du keine Geschwister?«

»Nein. Und ich hatte auch keine Freunde im Umkreis einiger Kilometer. Es war eines dieser entlegenen Dörfer, aus denen jeder junge Mensch fortgeht...«

Sie schien gefasst. Trotzdem begriff ich, welch hoffnungslose Einsamkeit sie ausgestanden haben musste. Kein Wunder, dass sie schwermütig und verschlossen geworden war.

Sie fuhr nachdenklich fort: »Nach Vaters Tod habe ich den Hof verkauft, aber er hatte so viele Schulden und Hypotheken, dass für mich kaum etwas übrigblieb. Ich wollte natürlich raus und in die Stadt ziehen und fand auch tatsächlich eine Stelle in Östersund als Haushälterin bei einem Oberstudienrat und seiner Familie. Das war 1942.«

Hjördis machte eine Pause, um das träge Küchenmädchen zu rufen. Erst nachdem es uns mit Kaffee versorgt und sich wieder zurückgezogen hatte, fuhr Hjördis mit ihrer Geschichte fort.

»Im darauffolgenden Winter bin ich Arne begegnet. Er war gerade einberufen worden, und ich meine mich zu erinnern, dass seine Einheit in Östersund stationiert war, um Skifahren und andere Disziplinen der Winterkriegsführung zu trainieren. Wir lernten uns auf eine ziemlich unromantische Weise kennen, was natürlich typisch für mich war. Ich war an einem freien Abend ins Kino gegangen, und als ich herauskam, rutschte ich auf dem eisglatten Bürgersteig aus. Arne half mir auf und bestand, galant wie er war, darauf, mich nach Hause zu begleiten. Warum er mich dann fragte, ob er mich wiedersehen dürfe, habe ich bis heute nicht verstanden. Wahrscheinlich, weil er auch einsam war, er fühlte sich in der Kaserne nicht wohl... Wie du dir sicher vorstellen kannst, habe ich mich jedenfalls Hals über Kopf in ihn verliebt. Zu dem Zeitpunkt hätte ich mich wahrscheinlich in jeden verliebt, der mir ein wenig Beachtung und Zuneigung schenkte, aber Arne war obendrein noch so gutaussehend und charmant. Ich gab mich ihm bedingungslos hin, und das habe ich auch nie bereut. Auf diese Weise konnte ich wenigstens einmal so etwas wie Liebe erleben. Arne war von Anfang an ehrlich und machte keinen Hehl daraus, sich nicht fest binden zu wollen. Trotzdem glaube ich, dass ihm mein neugieriger Körper und die aufgesparte Liebe, mit der ich ihn überschüttete, gefielen. Nun gut, wir wussten beide, dass unser kleines Märchen nicht von Dauer sein würde. Irgendwann verließ er Östersund, und nach einigen nicht besonders leidenschaftlichen Briefen brach der Kontakt ab. Und damit, Puck, kommen wir nun zum unerfreulichen Teil der Geschichte.«

Zu meinem Erstaunen zeigte sie ein zaghaftes, selbstironisches Lächeln.

»Nicht dass ich zehn Jahre getrauert und mich nach Arne Sandells Küssen und Umarmungen verzehrt hätte. Unsere kleine Liaison war wie ein unwirklicher Traum, aber ganz vergessen wollte ich diesen Traum nicht. Er wurde mein liebstes Spielzeug, das ich hervorholte, wenn ich traurig war und Ablenkung brauchte. Wenigstens einmal hatte mich ein Mann, ein hübscher Mann mit braunen Augen und schwarzen Locken, begehrt, mich, die unscheinbare Hjördis Holm. Natürlich träumte ich auch das eine oder andere Mal von ihm. Fragte mich, was passieren würde, wenn wir uns wiedersähen. Würde er sich erinnern? Würde ich dasselbe für ihn empfinden wie damals? Aus der Zeitung wusste ich, dass er mittlerweile verheiratet war. Und trotzdem – kannst du dir das vorstellen? – kam ich nicht umhin, dem Schicksal auf die Sprünge zu helfen, als mir Pfarrer Ekstedts Annonce in die Hände fiel. Ich hatte wirklich nicht die Absicht, hierherzukommen und Arnes Ehe zu ruinieren; ich wollte meinen kleinen, lächerlichen Traum einfach ein bisschen lebendiger werden lassen, Arne ab und an aus der Ferne sehen und vielleicht das eine oder andere Wort mit ihm wechseln, mehr nicht. Zumindest redete ich mir das ein…«

»Und was geschah dann? Wurde dir klar, dass du ihn immer noch liebtest? Dass es dir nicht genug war, ihn nur aus der Ferne anzuhimmeln?«

»Ja und nein. Ehrlich gesagt war ich ziemlich schockiert, wie viel er zugenommen hatte, eine richtige Plauze hatte er sich zugelegt. Außerdem verstand ich, dass er bis über beide Ohren in seine schöne Frau verliebt war und sich kaum an unsere Zeit in Östersund erinnerte. Und wenn ich schon dabei bin, muss ich wohl auch gestehen, dass sich meine Gedanken schon bald um einen anderen drehten...«

»Du meinst... Tord?«

Sie errötete.

»Ja... Was nicht heißt, Arne wäre mir gleichgültig gewesen, oh nein. Ich hatte ihn doch so sehr geliebt, so viele Jahre von ihm geträumt. Also wartete ich auf die passende Gelegenheit, um mit ihm über unsere Vergangenheit zu sprechen, aber die ergab sich nie... wahrscheinlich mied er mich absichtlich. Doch eines Abends, ungefähr vor einem Monat, liefen wir uns zufällig auf dem Friedhof über den Weg. Ich kam gerade von den Lundgrens, und Arne wollte wohl in die Kirche. Ich hielt ihn an und fiel wahrscheinlich gleich mit der Tür ins Haus. Es war nicht zu übersehen, wie unangenehm es ihm war, über unsere Vergangenheit zu sprechen, und er bat mich, die Stimme zu senken. Es war, als hätte er eine Heidenangst, Barbara könnte von unserer kurzen und unbedeutenden Affäre erfahren. Das tat mir weh, aber andererseits fühlte es sich auch gut an, ihm so nah zu sein, und das führte dazu, dass ich ihn bat, mich zu küssen.«

»Und?«

»Ich weiß gar nicht, wie ich so tief sinken konnte. Vielleicht hatte ich gehofft, ein Kuss würde die Vergangenheit zum Leben erwecken und mich für einige Augenblicke das Glück und die Zweisamkeit von damals erleben lassen. Aber... seltsamerweise trat das Gegenteil ein. In meinen Fantasien war er ein junger, stürmischer Liebhaber gewesen und kein in die Jahre gekommener Kerl, dem aus Angst vor seiner Frau die Knie schlotterten. In meinen Träumen war alles so anders gewesen...«

»Und dieser Kuss hat dich von ihm geheilt?«

»Geheilt? Vielleicht... Wenn man von einer Krankheit geheilt wird, freut man sich für gewöhnlich, nicht? Aber ich empfand keine Freude, sondern Leere... weil... weil ich nun nichts mehr hatte, wovon ich träumen konnte...«

Sie sprach inzwischen so leise, dass ich sie kaum verstehen konnte. Ich wusste nicht, was ich antworten sollte. Was sagte man einer Frau, die ihre tiefsten Gefühle preisgegeben hat und einen an der einzigen und dennoch erbärmlichen Liebesgeschichte ihres Lebens hat teilhaben lassen? Am Ende war es Hjördis selbst, die das Schweigen brach, sich von ihrem Stuhl erhob und in einem beinahe entschuldigenden Tonfall bemerkte: »Ja, für so eine Belanglosigkeit war das wohl eine ziemlich lange Geschichte. Aber ich hatte so furchtbare Gewissensbisse, weil ich doch gestern behauptet habe, in Västlinge niemanden gekannt zu haben, bevor ich herzog. Und dann dachte ich, Lottas Geschichte hat dich bestimmt stutzig gemacht, deshalb wollte ich die Wahrheit loswerden. Aber mit Arnes Tod hat das alles nichts zu tun.«

Da war ich mir nicht so sicher. Meine Intuition sagte mir, jede noch so kleine Information, die direkt oder indirekt Auskunft über Arne Sandell und die anderen

Beteiligten gab, würde uns des Rätsels Lösung ein Stückchen näher bringen. Deshalb wollte ich Einar und Christer bei der erstbesten Gelegenheit schildern, was mir Hjördis anvertraut hatte. Doch bis es dazu kam, sollten wir so einiges über Arne Sandells Nachbarn erfahren.

Einar hatte sich im Laufe des Nachmittags wieder von Barbara losgeeist, und gemeinsam unternahmen wir einen Spaziergang durch die Flachlandschaft. Das schöne, klare Wetter von gestern war einem trüben Grau gewichen, und schon bald rieselten dicke weiße Flocken wie auf einer altmodischen Weihnachtskarte vom Himmel. Als wir wieder nach Hause kamen, waren wir durchgefroren und putzmunter. Sorgfältig klopfte ich den Schnee von meinem schönen Nerzmantel, dann gingen wir in den Salon. Vor dem Kachelofen, in dem kein Feuer brannte, saß Christer und war in eine ernste Unterhaltung mit Tekla Motander vertieft. Da Eje und ich nicht begriffen, dass es sich um eine von Christers inoffiziellen Zeugenbefragungen handelte, gesellten wir uns unbekümmert zu ihnen und ließen uns in zwei Sessel plumpsen.

Mit ihrem eisengrauen Wollkleid, dem ebenso grauen Haar, einem grauen Hut mit Vogelflügeln und einem Cape aus fein gearbeitetem Maulwurffell bot Tekla Motander einen imposanten Anblick. Kaum hatten wir uns begrüßt, wandte sie sich wieder Christer zu.

»Ja, ich war durchaus in die Geschäfte meines Mannes involviert, und als er mir sagte, er wolle diesem Nichtsnutz Connie Lundgren Geld leihen, damit er die Gemischtwarenhandlung übernehmen könne, da riet ich ihm aufs Schärfste davon ab. Ich wollte lieber, dass er Arne Sandell unter die Arme griff.«

»Ach, und ich hatte den Eindruck, Sie hätten eine gewisse Abneigung gegen Herrn Sandell gehegt«, bemerkte Christer.

»Ich? Wer sagt denn so was?« Teklas Augen blitzten, als wollten sie den Ringen an ihren Fingern Konkurrenz machen. »Arne war ein tüchtiger und guter Bursche, der die Arbeit nicht scheute und sorgsamer mit seinem Geld umging, als man hätte meinen können.«

»Konnten Sie Ihren Mann also überzeugen?«

»Nun, dass er Connie Lundgren keinen Kredit gab oder für ihn als Bürge eintrat, weiß ich mit Sicherheit. Wie auch das ganze Dorf, weil er ständig damit hausieren geht, wenn er zu tief ins Glas geblickt hat. Aber ja, ich gehe schon davon aus, dass es Gerhard war, der Arne das Geld für den Laden gegeben hat. Wer auch sonst?«

»Nun ... Barbara vielleicht?«

Tekla Motander schnaufte verächtlich. »Ausgerechnet die! Gut, Geld scheffeln kann sie, auch wenn ihre Methoden nicht immer rechtschaffen sind ...«

Darauf brach ein Tohuwabohu aus, dessen Schilderung mehr Zeit in Anspruch nähme, als es tatsächlich andauerte. Wir waren alle im Glauben gewesen, wir wären allein im Salon. Doch am anderen Ende des Salons stand ein gelber Ohrensessel, dessen hohe Lehne die blonde Furie, die nun vor Wut schäumend aufsprang, vollkommen verdeckt hatte.

»Du verfluchtes altes Klatschweib! Wie... wie kannst du es wagen?«

Tekla Motander richtete ungerührt ihre stattliche Gestalt zu voller Größe auf und entgegnete schroff: »Ich wüsste nicht, warum man nicht wagen sollte, die Wahrheit zu sagen. Und in diesem Fall lautet die Wahrheit, dass du deine Stelle in Västerås aufgeben musstest, weil du Geld unterschlagen hast. Ohne eine solche Leiche im Keller hätte ein vergnügungssüchtiges Ding wie du doch niemals eine Stelle in diesem Kaff angenommen... Ja, jetzt bist du still, was? Und glaub mir, das ist auch besser so, wenn du verhindern willst, dass –«

Sogar die resolute Direktorenwitwe wich einen Schritt zurück, als sie sah, wie Barbaras giftgrüne Augen sie anfunkelten.

»Oh nein!«, zischte Barbara leise. »Ich habe lange genug geschwiegen. Du willst die Wahrheit? Die kannst du haben! Wenn ich eine Diebin bin, dann bist du, Tekla Motander, eine Mörderin!«

Darauf warf sie ihren blonden Kopf in den Nacken und stieß, beinahe triumphierend, aus: »Arne war nicht der Einzige, der Bescheid wusste. *Ich weiß auch, was in jener Nacht vor fünf Jahren im Taxi geschah.*«

ZEHNTES KAPITEL

Jetzt verlor Tekla Motander die Beherrschung, und auf gewisse Weise war es bedeutend unangenehmer, ihr dabei zuzusehen, als Babaras hysterischem Ausbruch beizuwohnen.

Mit bebendem Kinn und sich überschlagender Stimme stotterte sie: »Du... du kannst gar nichts davon wissen. Du lügst, so wie du immer lügst, wenn du in der Klemme steckst.«

»Das glaubst du doch selbst nicht«, entgegnete Barbara eiskalt. »Du hast Angst, ich könnte ans Licht bringen, was Gerha..., was der Herr Direktor kurz vor seinem Tod im Taxi sagte. Arne hat oft genug in Erwägung gezogen, zur Polizei zu gehen, so sehr hat ihn die Sache belastet.«

Tekla Motander musste sich sichtlich anstrengen, um nicht die Nerven zu verlieren und loszubrüllen.

»Gerhard«, murmelte sie gepresst, »war in dieser Nacht völlig benommen von seinen Schmerzen. Er wusste nicht mehr, was er redete. Und was Arne angeht, er hat mir damals sein Ehrenwort gegeben, diese Dummheiten für sich zu behalten.«

»Was er auch getan hat«, ereiferte sich Barbara, »ich bin die Einzige, der er sich anvertraut hat.«

Mit einem Mal sackte Tekla Motander in sich zusammen, als stünde sie kurz vor einer Ohnmacht. Einar eilte zu ihr, doch als er versuchte, sie sanft aufs Sofa zu drücken, schüttelte sie so energisch den Kopf, dass die Vogelflügel an ihrem Hut flatterten.

»Ich... ich gehe nach Hause. Dann kann diese junge Dame Ihnen in Ruhe so viele Hirngespinste auftischen, wie es ihr beliebt. *Ich* habe es jedenfalls nicht nötig, mich gegen derartige Beschuldigungen zu verteidigen. Einen schönen Abend allerseits.«

Ihre geschraubten Worte standen in einem solchen Widerspruch zu ihrem graubleichen Gesicht und dem fluchtartigen Aufbruch, dass es uns kurzzeitig die Sprache verschlug. Doch schon bald wurde unsere Aufmerksamkeit von Barbara in Anspruch genommen, die sich laut schluchzend in den nächstbesten Sessel sinken ließ.

Einar spielte sogleich voller Hingabe den allzeit bereiten Pfadfinder: Er bot ihr sein Taschentuch an, tätschelte ihr beruhigend das Knie und strich ihr mitleidvoll übers Haar. Christer hingegen sah sie nur gedankenverloren an.

»Liebe Frau Sandell«, sagte er schließlich. »Ich glaube, Sie sind uns die eine oder andere Erklärung schuldig. Worum genau geht es hier eigentlich?«

Barbara schniefte in Ejes Taschentuch und kauerte sich fröstelnd auf ihrem Sessel zusammen.

»Hätte vielleicht jemand eine –? Sehr freundlich.« Dankbar nahm sie die ihr angebotene Zigarette entgegen und nahm einen kräftigen Lungenzug. »Ja, ich werde gern versuchen, alles so wiederzugeben, wie Arne es mir unzählige Male geschildert hat. Sie müssen verstehen... ich war selbst nicht dabei, deshalb kann ich nicht beurteilen, ob er vielleicht etwas verdreht oder missverstanden hat. Eines weiß ich aber mit Sicherheit, nämlich, dass er sehr erschüttert und entsetzt darüber war, was er erlebt hatte.«

Es war, als blickte sie mit ihren grünbraunen Augen durch uns hindurch in die Vergangenheit.

»Es war 1948, am letzten Junitag. Damals habe ich als Sekretärin bei Gerhard Motander gearbeitet, noch vor meiner Verlobung mit Arne. Herr Motander war nicht zu einem Termin in der Fabrik erschienen, deshalb rief ich bei ihm zu Hause an. Tekla meldete sich und teilte mir ziemlich schnippisch mit, ihr Mann sei krank und könne nicht nach Kila kommen. Das war gegen zehn Uhr vormittags... Um elf Uhr abends rief sie Arne an, um eine Fahrt in die Stadt zu bestellen. Sie sagte, ihrem Mann gehe es schlecht, er müsse auf der Stelle ins Krankenhaus. Als Arne bei den Motanders ankam, war Herr Motander bewusstlos, und sie mussten ihn mit vereinten Kräften zum Auto tragen. Arne bekam natürlich einen Schrecken und fragte, ob denn kein Arzt da gewesen sei. Daraufhin behauptete Tekla, den ganzen Tag seien keine ernsthaften Krankheitssymptome aufgetreten, erst um halb elf abends. Und weil sie den Arzt in Kila nicht erreicht habe, habe sie im Krankenhaus angerufen. Dort habe man ihr gesagt, es handele sich vermutlich um eine Blinddarmentzündung und dass sie ihren Mann unverzüglich ins Krankenhaus bringen solle. Ja, und so nahm alles seinen Lauf...«

Barbara hatte die Zigarette in ihrer Hand vergessen. Sachte rieselte Asche auf ihr schwarzes Kleid.

»Der Wagen, den Arne damals fuhr, war ziemlich klein und hatte keine Glasscheibe zwischen den Vordersitzen und der Rückbank. Als Herr Motander während der Fahrt aus seiner Bewusstlosigkeit erwachte, hörte Arne also unweigerlich mit an, was er sagte. Und laut Arne war er sich sehr wohl darüber im Klaren, was er redete. Er sagte ganz deutlich: ›Hast du also doch noch ein Taxi bestellt, Tekla? Aber jetzt ist es zu spät, und das weißt du ganz genau. Bist du nun, da du dein Ziel erreicht hast, endlich zufrieden?‹ Das war's. Er starb, noch bevor sie beim Krankenhaus ankamen. Der Blinddarm war durchgebrochen. Der Arzt war völlig außer sich, weil er nicht früher ins Krankenhaus gebracht worden war, und Tekla weinte und beteuerte, sie habe geglaubt, es handele sich nur um eine leichte Sommergrippe. Aber trotz ihres ach, so reinen Gewissens flehte sie Arne an, niemals ein Wort über die Sache zu verlieren... Sie haben es ja aus ihrem eigenen Mund gehört. Manchmal, ja, manchmal glaube ich, sie hat ihm sogar ein Schweigegeld angeboten, aber das ist natürlich nur eine Vermutung...«

Allmählich kehrte sie in die Gegenwart zurück. Ihr Blick fiel auf das graue Aschehäufchen auf ihrem schwarzen Kleid, sie strich es ab und sah zu Christer hin.

Der murmelte nachdenklich: »Mit den Worten eines inzwischen Toten kommt man leider nicht sehr weit. Hat Ihr Mann denn niemals Genaueres darüber in Erfahrung bringen können, was sich zuvor bei den Motanders abgespielt hatte? Wenn Herr Motander so schwer krank war, hätten doch Fräulein Susann oder das Personal etwas bemerken müssen.«

»Susann verbrachte den Sommer im Ausland. Und der letzte Juni war ein Mittwoch... da hatte die Haushälterin ihren freien Tag, sie war zu ihrer Schwester nach Enköping gefahren. Allerdings hat sie Arne anvertraut, die beiden hätten sich in den Wochen vor seinem Tod ständig gestritten.«

»Und worüber?«

Barbara schlug den Blick nieder. »Das wusste sie leider nicht. Über Geld, vermutete sie. Ich für meinen Teil glaube, dass Herr Motander etwas dagegen hatte, dass Tekla sich ständig in seine Geschäfte einmischte. Außerdem ist es wohl kein Wunder, wenn man mit so einem Drachen aneinandergerät...«

»Wenn es tatsächlich stimmt«, sagte Einar angewidert, »dass Tekla Motander ihren Mann auf dem Gewissen hat, weil sie einen ganzen Tag lang ›glaubte‹, ihr Mann leide bloß an einer Sommergrippe, obwohl er in Wahrheit eine akute Blinddarmentzündung hatte, ist das der abscheulichste Mord, der mir je untergekommen ist. Wer zu so etwas fähig ist, der scheut vor nichts zurück.«

»Nicht einmal davor«, spann ich den Gedanken weiter, »eine Axt gegen den einzigen Menschen zu erheben, der das Geheimnis kannte.«

»Wäre möglich.« Christers Stimme klang zweifelnd. »Aber warum ausgerechnet jetzt... fünf Jahre später? In der Zwischenzeit hätte er das Geheimnis doch in der ganzen Welt verbreiten können.«

Barbaras Gedanken schienen unterdessen ihre eigenen Wege gegangen zu sein.

»Ich habe mich vorhin ganz schrecklich aufgeführt. Wie soll ich Tekla je wieder unter die Augen treten?«

Wie auf Kommando spazierte in diesem Moment Tord in den Salon.

»Wir sind zum Abendessen bei den Motanders eingeladen«, verkündete er. »Tekla Motander rief gerade an. Ich soll ausrichten, Sie seien auch herzlich eingeladen, Barbara. Und Sie natürlich auch, Herr Kommissar.«

»Großer Gott«, rief Barbara und sprang überrascht von ihrem Stuhl auf. »Hat sie etwa ein schlechtes Gewissen? Das hätte ich ihr nicht zugetraut.«

Ich fragte mich im Stillen, ob wirklich ein schlechtes Gewissen hinter dieser Einladung steckte. Noch als sich unser kleiner Trupp in den Schneesturm hinausbegab, war ich der festen Überzeugung, einen anstrengenden und angespannten Abend vor mir zu haben. Doch zu meinem Erstaunen sollte sich das Abendessen als die erste ungezwungene und angenehme Zusammenkunft mit Tords Gemeindemitgliedern und Nachbarn erweisen. Dafür gab es verschiedene Gründe.

Zum einen spielte der äußere Rahmen eine nicht unwesentliche Rolle. Das Haus der Motanders war groß, gediegen und geschmackvoll, das Essen schmeckte köstlich, Rotwein und Sherry waren vom Feinsten. Zum anderen erwies sich die in ein violettes Samtkleid gewandete Gastgeberin Barbara wie auch allen anderen Gästen gegenüber als äußerst liebenswürdig. Als wollte sie beweisen, dass selbst in Västlinge Dinge wie ein gutes nachbarschaftliches Verhältnis, Zurückhaltung und gepflegte Unterhaltung möglich waren. Aber auch die übrigen Anwesenden zeigten sich bereits während des Abendessens von ihrer besten Seite. Vater erheiterte die Damen mit indiskreten und amüsanten Kindheitsanekdoten über seinen kleinen Bruder. Tord war gesprächig und ausgelassen, Frideborg Janson, die neben ihm saß, brachte mit ihrer Lebhaftigkeit die blauen Rüschen ihres Kleides zum Flattern, Barbara widmete mir dasselbe Maß an Aufmerksamkeit wie Einar, und Christer schäkerte mit Hjördis und zauberte damit ein Lächeln nach dem anderen auf ihr schwermütiges Gesicht. Nur Susann Motander blieb schüchtern und still. Ich versuchte, ihr ein Kompliment für ihr reizendes tannengrünes Kleid – und das dazu passende Brillengestell – zu machen, aber sie erwiderte nur desinteressiert, ihre Mutter habe es ausgesucht, und damit war das Gespräch im Keim erstickt. Lotta hatte recht. Susann Motander *war* langweilig. Lotta sah übrigens auch sehr hübsch aus mit ihrem breiten weißen Seidenband im Haar, und sie brachte es fertig, dass sich die versammelte Erwachsenengesellschaft kurzzeitig in die eigene Kindheit zurückversetzt fühlte.

»Ich sammle Wörter mit o«, erklärte sie mit ernster Miene. »Mit richtigen Os, den langgezogenen, runden, die so schön im Mund liegen. Kennt ihr welche? – Sagt schon, das macht Spaß!«

»Mohn«, begann Tekla Motander.

»Ofen«, setzte Tord hinzu.

»Onomatopoesie«, schlug Vater vor.

»Oleander«, meinte Hjördis.

»Obstkompott, aber das Ende stimmt nicht ganz«, sagte Barbara.

»Mordmotiv, aber hier stimmt der Anfang nicht«, meinte Christer.

»Blond«, bemerkte Einar.

»Oboe«, antwortete ich.

»Monopol«, murmelte Susann.

Lotta war zufrieden, hielt aber auch nicht mit Kritik hinterm Berg.

»Eje, du Dummie! Wie soll man den bitte schön blond mit einem richtig schönen o aussprechen? Obstkompott ist auch nicht so gut. Und Onkel Johannes, so schwierige Fremdwörter gelten nicht. Monopol gefiel mir am besten ... das fehlte noch in meiner Sammlung.«

Lachend erhoben wir uns vom Esstisch und begaben uns in den gemütlichen blauen Salon, wo ein Flügel stand. Zuerst zierte sich Tord, doch schließlich nahm er auf dem Schemel Platz und spielte die *Appassionata*. Sein Spiel war tadellos, außerdem sah er in diesem Moment, mit seinem dunklen Haar und dem markanten, asketischen Profil, nahezu romantisch schön aus. Und an Verehrerinnen herrschte wahrlich kein Mangel. Hjördis Holm und Frideborg Janson betrachteten ihn mit schwärmerischer Hingabe, aber auch Susanns und Barbaras Augen glänzten verdächtig. Kaum hatte Tord geendet, war er auch schon umringt von diesem Vierergespann. Susann servierte ihm – zum Wohlgefallen ihrer Mutter – Kaffee, Hjördis war gleich mit zwei Würfeln Zucker zur Stelle, Barbara klimperte mit ihren großen Augen, und Frideborg schlug ihm beinahe die Tasse aus der Hand, als sie ihrer Begeisterung Ausdruck verlieh.

»*Lieber* Herr Pfarrer, das war einfach wundervoll!

Als würde man in eine andere Welt reisen, in der es nur Blumen, Sonnenschein, kleine Kinder und Engel gibt. Noch nie habe ich jemanden *so schön* Beethoven spielen gehört. Ich könnte Ihnen den ganzen Tag lauschen.«

Nicht einmal die Extraschicht Puder, die sie zur Feier des Tages aufgelegt hatte, konnte die erregte Röte ihrer Wangen kaschieren. Ich nahm an, dass Tord durch seine Doppelrolle als Pfarrer und begehrter Witwer eigentlich daran gewöhnt war, von der Damenwelt angehimmelt zu werden, doch dieser Überschwang war ihm jetzt sichtlich unangenehm.

»Vielleicht möchte Susann uns etwas vorsingen?«, schlug er vor, um von sich abzulenken.

Susann sah noch unglücklicher und verunsicherter aus als sonst, doch von einem aufmunternden Nicken ihrer Mutter getrieben, schlich sie widerstrebend zum Flügel. Da wurde die Tür geöffnet, und ein rotbackiges Dienstmädchen steckte den Kopf herein.

»Ein Anruf für Fräulein Susann«, teilte sie mit. »Ich habe an der Stimme erkannt, dass es der junge Gustafsson ist, der mit dem roten Bart.«

Um Tekla Motanders Mund herum bildeten sich scharfe Falten der Missbilligung.

»Jetzt erdreistet er sich auch noch, *hier* anzurufen? Das kann er sich aus dem Kopf schlagen... Susann, ich verbiete dir...«

Aber die ach so brave und fügsame Susann rannte bereits in Richtung Telefon. Teklas Miene verfinsterte sich unheilvoll. Dass sie überhaupt die Contenance wahrte und weiterhin die liebenswürdige Gastgeberin gab, zeugte von enormer Selbstbeherrschung. Vater blieb seinem Motto treu, unangenehmen Situationen so wenig Beachtung wie möglich zu schenken.

»Ein origineller Zeitgenosse, dieser Mårten Gustafsson«, bemerkte er. »Die meisten, die lügen oder etwas vor der Polizei verheimlichen, tun dies mit einem merklich schlechten Gewissen. Er hingegen scheint es als ein unumstößliches Menschenrecht zu betrachten, Dinge für sich zu behalten.«

»Aber ist es das denn nicht?«, fragte Barbara, beinahe herausfordernd. »Mårten mag ungewöhnliche Ansichten haben, weil er Gesetze und Regeln verabscheut, aber deshalb ist er doch nicht gleich im Unrecht. Warum sollte man sein gesamtes Privatleben und alle großen und kleinen Dummheiten, die man irgendwann einmal begangen hat, preisgeben müssen, nur weil man in einen Mordfall verwickelt wurde? Wäre mir ein dunkles Geheimnis aus Arnes Vergangenheit bekannt – Sie können beruhigt sein, Herr Kommissar, dem ist nicht so –, würde ich mit Sicherheit nicht wollen, dass es ans Tageslicht kommt und die Zeitungen sich das Maul darüber zerreißen. Selbst dann, wenn es rein gar nichts mit dem Mord zu tun hätte…«

»Aber«, entgegnete Hjördis auf ihre gemessene Weise, »woher will man wissen, ob es nicht *doch* etwas mit dem Mord zu tun hat?«

Ich war ganz ihrer Meinung.

»Wenn jeder der Polizei Rede und Antwort stünde, müsste sie nicht den verworrensten und abwegigsten Spuren nachgehen, sondern könnte sich auf die wesentlichen Dinge konzentrieren«, sagte ich.

Christer antwortete mit einem gleichermaßen erschöpften wie nachdrücklichen »Danke, Puck!«.

Frideborg Janson legte ihren hellen Wuschelkopf schief und schaltete sich, untermalt von zahlreichen graziösen Handbewegungen, in das Gespräch ein.

»Es steht doch völlig außer Zweifel, dass wir den freundlichen und tüchtigen Herren von der Polizei *helfen* müssen. Das ist unsere Bürgerpflicht dem Staat gegenüber, der doch so großzügig für *uns* sorgt, mit Renten, einem Königshaus, Schulen und alledem. Trotzdem lässt mich ein klitzekleines Problem nicht los. Gesetzt den Fall, man weiß um ein völlig belangloses Detail und befürchtet, einem anderen Menschen *Unannehmlichkeiten*, schrecklich unnötige Unannehmlichkeiten, zu bereiten, wenn man dieses Detail ausplaudert, wie soll man sich dann verhalten? Ich meine … das ist doch ein schreckliches Dilemma, nicht wahr? Herr Pfarrer, verraten Sie mir doch bitte, was man in so einem Fall Ihrer Ansicht nach tun soll.«

Tords graue Augen waren sehr ernst geworden. »Wissen Sie, mich beschäftigt dasselbe Problem, oder sagen wir, ein ähnliches.«

Auch wenn er sich rein formell an seine in Rüschen gehüllte Bewunderin wandte, waren die folgenden Worte unverkennbar an Christer gerichtet.

»Erstens: Nehmen wir an, ich hätte jemandem in meiner Eigenschaft als Pfarrer die Beichte abgenommen, das heißt, die Person ging davon aus, dass ich das Gehörte für mich behalte. Darf ich dann trotzdem darüber sprechen? Zweitens: Wenn ich mein Ehrenwort – das Ehrenwort eines Pfarrers – gegeben habe, über etwas zu schweigen, das ich beobachtet habe, bin ich dann verpflichtet, trotzdem darüber Auskunft zu geben?«

Frideborg Janson hatte auf ihre flattrige Weise von einem Dilemma gesprochen; Tords ernste, von Gewissensnöten geplagten Worte, hatten diesem Begriff schlagartig eine gewisse Sprengkraft verliehen. Es herrschte Totenstille. Susann schlich ins Zimmer, was ihre Mutter nicht einmal bemerkte. Schließlich sagte Christer langsam:

»Ich schätze, die Antwort auf beide Fragen lautet: Nein. Aber wenn diese Geheimnisse in einem unmittelbaren Zusammenhang mit dem Mord stehen, ist es nur allzu verständlich, dass Gewissensbisse Sie plagen.«

»Die einzige Lösung wäre, denjenigen, der sich auf deine Diskretion verlässt, dazu zu bringen, selbst zur Polizei zu gehen«, pflichtete ihm Vater bei.

»Genau darauf hoffe ich.«

Obwohl Tord niemanden ansah, entging es keinem der Anwesenden, dass seine letzte Replik geradezu bittend an eine ganz bestimmte Person adressiert war. War es Barbara? ... Ich konnte es nicht sagen.

Kurze Zeit später kreiste das Gespräch um den mysteriösen Diebstahl des Kirchensilbers, der alle Anwesenden zutiefst erschüttert hatte. Tekla Motander prophezeite, der Herr persönlich werde den Dieb strafen, Frideborg Janson seufzte bei dem Gedanken an den *wunderbaren* und *unersetzlichen* Mittelalterkelch, Hjördis stellte Connie Lundgrens Rolle in diesem Zusammenhang in Frage, und Barbara erklärte überraschend, Arnes Schlüssel zum Kirchenportal sei verschwunden.

»Sonst lag er immer in einer Schublade im Wohnzimmer. Aber gestern, als ich ihn Polizeichef Karsten zeigen wollte, war er nicht mehr da.«

Da unsere Spekulationen keinen Weg aus dem dunklen Labyrinth wiesen, gingen wir allmählich zu harmloseren Gesprächsthemen über. Gegen halb neun verkündete Lotta, die sich allmählich langweilte, sie wolle schon einmal nach Hause gehen, um nach Nofretete zu sehen. Hjördis bot an, sie zu begleiten, aber Lotta, die an die Dunkelheit und Einsamkeit des Pfarrhofs gewöhnt war, entgegnete nur »Ach was!« und verabschiedete sich höflich. In der Tür zum Flur verharrte sie einen Augenblick, zwinkerte uns verschmitzt zu und formte dann fünf ausnehmend runde und wohl artikulierte Vokale mit dem Mund.

»Motorbootmotor.«

Eine Dreiviertelstunde später machten auch wir Erwachsenen uns auf den Heimweg. Frideborg Janson hatte sich schon auf die fünf Kilometer Fußweg nach Kila eingestellt, doch weil ein heftiger Schneeregen eingesetzt hatte, bot Einar ihr an, sie mit dem Auto zu fahren. Das Ende des Lieds war, dass die übrigen Herren sie begleiteten, während Hjördis, Barbara und ich uns auf schnellstem Wege ins Trockene begaben.

Es dauerte eine Weile, bis wir Lottas Verschwinden bemerkten. Hjördis eilte zwar gleich die Treppe hinauf, um nach ihr zu sehen, kam jedoch umgehend zurück und sagte, Lotta sei bereits zu Bett gegangen und habe das Licht ausgemacht. Also setzten wir uns in den Salon und schwatzten. Eine halbe Stunde später kehrten auch die vier Herren aus Kila zurück. Sie hatten Frideborg bis in ihre Wohnung begleitet und dort noch einen Kirschlikör bekommen, was den sympathischen Effekt hatte, dass Christer und Tord nun per Du waren. Gerade als sie die bestickten Kissen und Weihnachtskakteen in Frideborg Jansons Wohnung beschrieben, klingelte es an der Tür.

Da ich dem Flur am nächsten war, ging ich zur Tür, machte auf und überlegte einen verwirrten Augenblick lang, ob mir Tekla Motanders Sherry womöglich zu Kopf gestiegen war.

Auf der Pfarrhaustreppe stand eine kleine, vermummte Gestalt. Es vergingen ein paar Sekunden, bis ich begriff, dass es Lotta war, die dort in ihrem durchnässten weißen Pelz stand. Ein dicker brauner Wollschal war um ihren Kopf gewickelt, sodass Nase, Augen und Mund praktisch verdeckt waren. Noch immer völlig perplex streckte ich meine Hand nach ihr aus und zog sie in den Flur.

»Liebes, wo treibst du dich denn um diese Uhrzeit herum? Und was soll diese seltsame Verkleidung?«

Während ich den braunen Schal losband, dämmerte mir, dass Lotta den strammen Knoten an ihrem Hinterkopf nie im Leben selbst zustande gebracht haben konnte.

»Lotta!«, sagte ich ungeduldig. »Was ist passiert? Erklär mir doch wenigstens…«

Endlich gab der Knoten nach, und Lottas dunkelblonder Haarschopf kam zum Vorschein.

»Ach, Puck, du bist es! Deine Stimme klang so komisch mit diesem Ding auf den Ohren. Puh! Schön, wieder sehen zu können und nicht ständig Flusen in den Mund zu bekommen.«

In aller Seelenruhe streifte sie Pelz und Stiefel ab. Dann begannen ihre Augen aufgeregt zu funkeln.

»Es waren mehrere, und sie hielten mich als eine Art *Geisel*. Ich habe nicht ein einziges Mal geschrien, selbst dann nicht, als er mich gepackt und verschleppt hat. Ich dachte, sie würden mich in einen Kerker werfen, mit tropfendem Wasser und Kakerlaken und *Ratten*. Weil ...«

»Komm!«, sagte ich nur entschieden und schob das fantasievolle Kind vor mir her in den Salon.

Als die anderen sahen, wen ich auf der Vordertreppe aufgelesen hatte, war die Aufregung groß. Noch nie hatte ich Hjördis so außer sich erlebt.

»Aber Lotta! Du hast doch eben noch im Bett gelegen. Was hat das denn zu bedeuten?«

Lotta war unterdessen, ihren elf Jahren zum Trotz, auf Tords Schoß geklettert, kicherte nervös und wirkte müde, ängstlich und aufgeregt zugleich.

»Hihi, da bist du mir auf den Leim gegangen! Ich hatte meine große Puppe ins Bett gelegt und alle Lampen ausgeknipst, weil ich eure Gesichter sehen wollte, wenn ihr nach Hause kommt und mich zudeckt. Ich hab mich in Papas Arbeitszimmer versteckt und auf euch gewartet. Bestimmt zwei Stunden, wenn nicht noch länger. Aber dann hab ich plötzlich ein geheimnisvolles Licht auf dem Friedhof gesehen.«

»Lotta, Süße«, sagte ich streng. »Du bist um halb neun bei den Motanders losgegangen. Barbara, Hjördis und ich waren noch vor halb zehn hier. Soo lange kannst du also nicht gewartet haben...«

Lottas grauen Augen war abzulesen, was sie von meiner kleinkarierten Einstellung zu den Abenteuern des Lebens hielt.

»Es war drüben bei der Kirche«, fuhr sie fort. »Ein gelbes Licht, das sich hin und her bewegte. Mal war es da, dann wieder nicht, und da wurde mir klar, dass es der Mörder sein musste, der jemandem geheime Zeichen gab. Also rannte ich schnell raus, um herauszufinden, wer es war und was er auf dem Friedhof machte. Draußen war es stockfinster, und das Licht war auch verschwunden, aber ich kenne den Friedhof ja wie meine Westentasche. Also schlich ich mich leise wie ein Indianer auf dem Kriegspfad bis zur Kirche, und da tauchte plötzlich ein schwarzer Schatten auf und rief: ›Hallo, wer ist da?‹ Dann hab ich mich an ihn herangepirscht.«

Lottas erwachsener Zuhörerschaft wich die Farbe aus den Gesichtern. Tord drückte seine Tochter fest an sich.

»Aber plötzlich«, fuhr sie mit dramatischer Stimme fort, »haben sie sich auf mich gestürzt, und ein riesengroßer Kerl hat mir seine Hand auf den Mund gepresst, was völlig überflüssig war, ich hatte ja gar nicht *vor* zu schreien. Irgendeine Tante fragte: ›Was machen wir mit ihr?‹ Und der Mörder antwortete: ›Gib mir deinen Schal!‹ Den wickelten sie mir dann um den Kopf, bis ich kaum noch Luft bekam. Dann hat mich der Riesenkerl gepackt, und ich war mir sicher, ich würde eingesperrt und gefoltert werden, mit glühenden Streichhölzern unter den Fingernägeln, davon habe ich nämlich mal gelesen, und –«

»Hast du die Stimme von dieser ›Tante‹ und dem ..., dem Mörder denn erkannt?«, fragte Tord zaghaft.

»Nein. Sie haben ja geflüstert, und nachher hatte ich den Schal auf den Ohren.«

»Wo haben sie dich hingebracht?«

»In die Kirche«, erwiderte sie, ohne zu zögern.

»Aber Lotta«, entgegnete Tord, »du konntest doch gar nichts sehen. Woher weißt du das?«

»Glaubst du etwa, ich wüsste nicht, wie sich die harten Kirchenbänke anfühlen? Sie haben mich auf eine Bank gelegt, und einer von ihnen hat mich bewacht. Viele, viele Stunden später wurde ich wieder gepackt und fortgetragen. Und irgendwann hat man mich abgestellt, das muss hier auf der Treppe gewesen sein, denn kurz danach hat Puck die Tür aufgemacht und mir diesen ekeligen Schal abgenommen. Ach, war das schön, *den* loszuwerden.«

Ich blickte sie verdutzt an.

»Und ... wer hat an der Tür geklingelt?«

Lotta schüttelte energisch den Kopf. »Ich war's jedenfalls nicht! Ich wusste ja nicht, dass ich auf unserer Treppe stand und dass es da eine Klingel gab.«

Christer versuchte, ihr weitere Einzelheiten zu entlocken und Ordnung in die Geschichte zu bringen, aber Lotta war inzwischen so müde, dass sie schielte, und Tord und Hjördis befanden, dass sie ins Bett gehöre.

Wir Übrigen blieben gedankenversunken im Salon sitzen und betrachteten den hellbraunen, flauschigen Wollschal, der, so viel stand fest, nicht Lotta gehörte. Aber wem dann?

Als Tord zurückkam, erhob sich Christer resolut.

»Ich würde gerne einen Abstecher in die Kirche machen.«

Tord, Einar und ich begleiteten ihn. Der Schnee war nun endgültig in Regen übergegangen, und unsere Zähne klapperten, als wir über den stockfinsteren Friedhofspfad eilten. Tord sperrte die Tür zur Sakristei auf und knipste das Licht an.

Alles schien unverändert. Die schwarz gebeizte Holztruhe stand an ihrem Platz, das Schloss war noch immer nicht verriegelt.

Doch als wir näher herantraten, erkannten wir, dass sich sehr wohl etwas verändert hatte.

Die mit Samt ausgeschlagene Truhe war nicht mehr leer. Auf dem schwarzen Stoff funkelte rätselhaft und geheimnisvoll das geweihte Silber der Kirche von Västlinge.

ELFTES KAPITEL

Die nächsten Tage verliefen erstaunlich ereignislos. Die Polizei arbeitete hart an der Aufklärung des Mordes und des Silberdiebstahls. Christer bewohnte weiterhin die Dachbodenkammer des Pfarrhofs, trotzdem bekamen wir ihn so gut wie nie zu Gesicht. Und wenn wir ihn sahen, hatte er kaum etwas Neues zu berichten.

Mittlerweile schienen sich sowohl die Presse als auch die Dorfbewohner mehr für den sonderbaren Kirchensilber-Coup zu interessieren als für den Mord an Arne Sandell. Ein kettenrauchender Reporter mit zynischem Jargon und traurigen Augen erzählte uns: »An Menschen, die mit einer Axt erschlagen werden, herrscht in diesem Land weiß Gott kein Mangel. Nein, gesegnet sei der Bandit, der sich das Kirchensilber unter den Nagel gerissen hat – solche Geschichten wollen unsere Leser zur Weihnachtszeit. Und wenn er obendrein hinterher mit dem Zeug in die Kirche zurückspaziert, bringt das sogar einen abgebrühten Schreiberling zum Schmunzeln.«

Dass die Einbruch- und Diebstahlexperten der Polizei gleichfalls amüsiert darüber waren, wagte ich stark zu bezweifeln. Diebe, die etwas stahlen, waren eine Sache; Diebe, die ihre Beute vor den Nasen des Bezirkspolizeichefs, des Polizeihauptmeisters und eines beträchtlichen Teils der Landeskriminalpolizei retournierten, waren etwas anderes und noch viel irritierender. Insbesondere dann, wenn besagte Beute vollständig und unbeschadet war und keinen einzigen Fingerabdruck aufwies.

Warum hatte der Dieb, oder besser gesagt: Warum hatten die Diebe – denn laut Lotta handelte es sich ja um eine ganze Bande – dieses merkwürdige Manöver vollführt, und warum waren sie trotz des Risikos, ertappt zu werden, ein zweites Mal in die Sakristei eingebrochen? Wie hatten sie sich Zutritt verschafft? Mit Arne Sandells verschwundenem Schlüssel?

Lotta hielt unbeirrt an ihrer Geschichte fest. Allerdings wurde die Zeitspanne, die ihr Abenteuer umfasste, immer länger und der Kerl mit dem Schal immer größer, je öfter sie davon erzählte. Auf die Frage, ob es sich bei dem Mann um Connie Lundgren gehandelt haben könne, erwiderte sie, er habe zwar ähnliche Hände gehabt, aber nicht wie »Onkel Lundgren« gerochen.

Lundgren wurde verhört, und auch wenn er keine Beweise dafür erbringen konnte, tatsächlich den ganzen zweiten Weihnachtstag friedlich zu Hause verbracht zu haben, konnten ihm keine Lügen oder Widersprüche nachgewiesen werden. Es gelang ihm, ausgesprochen detailliert das Radioprogramm *Lördagskväll, Samstagabend*, wiederzugeben, das zwischen acht und neun Uhr gesendet worden war. Anschließend habe er einem Saxophon, einer Geige und einer kreischenden Sängerin gelauscht, was das darauffolgende Konzert zwar eigenwillig, aber doch einigermaßen treffend beschrieb.

Mårten Gustafsson ließ sich zu der Aussage herab,

seine Familie sei bei Verwandten gewesen, doch weil ihm spießbürgerliche Zusammenkünfte jeder Art zuwider seien, habe er zu Hause gesessen und *Pu der Bär* gelesen. Doch, doch, das tue er jedes Jahr an Weihnachten. *Tideli pom!*

Nur in einer Sache hatte die Polizei einen Erfolg verzeichnen können. Der flauschige braune Schal war von Motanders rotbäckiger Hausangestellten identifiziert worden. Er gehöre Fräulein Susann, sagte sie, was diese mit geröteten Wangen und einem eifrigen Nicken bestätigte.

»Ja, er gehört mir. Am zweiten Weihnachtstag hab ich ihn nach dem Gottesdienst auf die Hutablage im Flur gelegt. Es muss... na ja, ich wage es kaum auszusprechen, aber einer unserer Gäste muss ihn genommen haben. Vielleicht war es Lotta selbst?«

Susann erklärte, sie habe sich auf ihr Zimmer zurückgezogen, sobald wir gegangen waren; ihr Zimmer liege zur Straße hinaus, das Zimmer ihrer Mutter hingegen auf der Gartenseite, weshalb sie sich den Rest des Abends weder gesehen noch gehört hätten.

Die Einzigen, die erwiesenermaßen keine Rolle in Lottas Drama gespielt haben konnten, waren Barbara und Hjördis, die sich nach unserer Rückkehr von den Motanders in meiner Nähe aufgehalten hatten, sowie Tord und Frideborg Janson, die im Auto nach Kila gesessen hatten.

»Immerhin!«, bemerkte Christer resigniert. »Besser als nichts.«

Ansonsten war er, logischerweise, vor allem mit der

Mordermittlung befasst. Die Obduktion war mittlerweile abgeschlossen und hatte bestätigt, was wir bereits geahnt hatten: Arne Sandell war an den Folgen eines Axthiebs gegen die linke Schläfe gestorben. Neben einigen Venen waren die Arteria temporalis superficialis sowie die Verzweigungen mit der Arteria cerebri media verletzt worden. Der Tod war nicht infolge des Blutverlusts eingetreten, sondern durch einen Hirnschaden, den Christer sehr frei mit »Matschhirn« übersetzte. Mithilfe einer Analyse des Magen-Darm-Trakts war der Todeszeitpunkt auf die Stunden zwischen vier und sechs Uhr eingegrenzt worden.

Besonders intensiv befasste sich Christer mit dem Rätsel um die unverschlossenen Türen des Sandell'schen Hauses. Er deutete eifrig auf einen Grundriss des Erdgeschosses, den er skizziert hatte. »Um zwanzig vor fünf am Heiligabend geht Sandell in sein Büro. Er schaltet das Licht ein und holt die Kassenbücher hervor. Die Tür zwischen Hausflur und Büro bleibt wahrscheinlich unverschlossen. Um halb sechs brennt kein Licht mehr im Büro, Sandell ist verschwunden, die Tür noch immer nicht verriegelt. Daran hat sich nichts geändert, als Barbara Sandell um Viertel nach sechs hinunterkommt. Ich habe sie übrigens gefragt, warum *sie* nicht abgeschlossen habe, als sie sah, dass Arne nicht zu Hause war. Sie sagte, er sei hoffnungslos nachlässig gewesen, wenn es um Schlüssel und Türen ging, deshalb habe sie nicht weiter darüber nachgedacht. Wie dem auch sei, gegen sieben kommt Connie Lundgren. Er macht Licht im Laden, schiebt die Leiche unter den Tresen, knipst das Licht wieder aus und schleicht sich auf demselben Weg hinaus, auf dem er hineingekommen war, nämlich durch Büro und Hausflur. Dann kommt ihr ins Spiel, und Lotta bemerkt, dass die *Eingangstür* nicht abgeschlossen wurde. Und um Lotta zu zitieren: Warum?«

»Der Mörder wird sich auf diesem Weg aus dem Staub gemacht haben«, schlug Eje vor. »Um nicht zu riskieren, Barbara in die Arme zu laufen…«

Ein weiterer Punkt, in dem Christer sich unbedingt Klarheit verschaffen wollte, waren Arne Sandells Finanzen. Hatte er in finanziellen Schwierigkeiten gesteckt, wie Barbara vage angedeutet hatte? Laut seiner Bank hatte Sandell im Laufe des letzten Jahres einige tausend Kronen von seinem Sparkonto abgehoben, doch ansonsten gab es keinerlei Auffälligkeiten. Der Jahresabschluss wurde rasch erstellt und zeigte, dass die Bücher ordentlich geführt worden waren und das Geschäft einen beachtlichen Gewinn eingefahren hatte. Allerdings hatten weder Barbara noch Arne Sandell private Haushalts- oder Kassenbücher geführt, und Barbara konnte nicht einmal annähernd sagen, in welcher Höhe sich ihre Ausgaben bewegt hatten. Lebensmittel und Kolonialwaren hatten sie zum Einkaufspreis bekommen, aber sie mussten die Miete fürs Haus entrichten. Außerdem gestand Barbara, neige sie zur Verschwendung, und Arne sei stets sehr großzügig gewesen. Insofern sei es nicht weiter verwunderlich, dass von den zwanzigtausend Kronen, die, wenn man Steuern und Versicherungen abzog, vom Jahresgewinn blieben, kein einziger Öre mehr übrig war. Diese Spur führte also ins Leere…

Es existierten auch keine Schuldscheine oder anderen Dokumente, die darüber hätten Aufschluss geben können, wie Arne Sandell vor neun Jahren an die fünfzigtausend Kronen gekommen war, mit denen er die Gemischtwarenhandlung erstanden hatte. Einen Bankkredit schien er nicht aufgenommen zu haben, und laut Gerhard Motanders Anwalt hatte sich im Nachlass des Direktors kein Schuldschein auf den Namen Sandell befunden. Barbara schüttelte nur ihren goldblonden Kopf. Sie habe Arne zu dieser Zeit zwar noch nicht gekannt, sei sich aber dennoch sicher, dass er sich das Geld von den Motanders geliehen habe. Vermutlich sei der Kredit längst abbezahlt, und in solchen Fällen hebe man den Schuldschein eben nicht unbedingt auf.

Im Übrigen schien Barbara den Schock, den ihr der brutale Tod ihres Mannes zugefügt hatte, schon ganz gut überwunden zu haben. Seitdem sich die Kriminalpolizei zurückgezogen hatte, hielt sie sich häufig zu Hause auf und führte ausgiebige Diskussionen über die Qualität und den Schnitt des Kleides, das sie zur Trauerfeier tragen wollte.

Arne Sandells Leiche war mittlerweile zur Beerdigung freigegeben, und diese war für den Silvestermorgen angesetzt.

Der Tag vor Silvester war ein Mittwoch. Es war auch der Tag, an dem Hjördis, Einar und ich einen Ausflug nach Kila machten und mein Vater ein ernstes Wort mit Tord sprach.

Die Sonne schien, als Einar das Auto anließ, und obwohl die glatten Straßen das Fahren beschwerlich machten, genossen wir die Tour durch die winterliche Pracht. Drei Tage hatte es durchgeschneit, und die Straßen waren von hübschen Schneewehen gesäumt. Ansonsten war die Landschaft flach und weiß, und die vereinzelten Höfe, die wir passierten, wirkten exklusiv und teuer.

»Hier in Västlinge leben nur wohlhabende Leute«, erklärte Hjördis. »Ein typisches Großbauerndorf. Kila ist da schon anders. Dort gibt es Industrie und Arbeiter, und die Gegend ist dichter bebaut.«

Trotz der klirrenden Kälte trug Hjördis keine Kopfbedeckung, und ich dachte im Stillen, dass es sicher nicht einfach war, eine Mütze oder einen Hut zu finden, der auf ihren prächtigen Haarkranz passte. Ihre blauen Augen strahlten im Sonnenschein klarer denn je, und sie schien genauso froh wie ich zu sein, Västlinge und seinen Verwicklungen für eine Weile zu entkommen.

Doch schon bald sollten wir feststellen, dass uns diese Mysterien bis nach Kila verfolgten.

Wir parkten auf der schnurgeraden Gasse, die sich hochtrabend »Hauptstraße« nannte, und einigten uns darauf, uns in Frideborg Jansons Kurzwarengeschäft wieder zu treffen. Dann ging Einar zum Barbier, Hjördis zum Metzger und ich in einen Frisiersalon. Und ausgerechnet dort, als ich nichtsahnend in meiner kleinen rosafarbenen Kabine unter der Trockenhaube saß, wurde mir eine lehrreiche Lektion darin erteilt, wie ausgiebig man über die Bewohner von Västlinge schwatzte.

Weil mein Haar längst trocken war und sich niemand

um mich zu kümmern schien, tauchte ich unter der Trockenhaube hervor und schaltete sie ab. Als das Brummen des Apparats verstummte, drang aus der benachbarten Kabine eine schrille Stimme zu mir herüber: »Wie man hört, steht diese grässliche Motander unter Verdacht, ihn aus dem Weg geräumt zu haben. Geschieht ihr nur recht, wenn sie im Gefängnis auf Långholmen oder weiß der Fuchs wo landet. Aber meinem Efraim habe ich gesagt, Efraim, warum hätte die Motander *ihn* erschlagen sollen? Wenn sie endlich diesem blonden Vamp den Garaus gemacht hätte, das hätte ich ja noch verstanden, so wie die sich damals an den Herrn Direktor herangeschmissen hat. Pfui, wie die beiden in seinem neuen Wagen herumgedüst sind und sich an jeder Straßenecke geküsst haben. Eine Schande war das! Und dann, kaum liegt Motander unter der Erde, krallt sich das Biest Arne Sandell – ach, so ein hübscher Kerl –, und ehe man sichs versieht, ist sie Kaufmannsgattin und stolziert im Nerzmantel durch die Gegend. Meinem Efraim habe ich gesagt... Ach bitte, Fräulein, noch ein paar Locken hier oben, ja? Das findet Monika so schick, ach, Sie wissen ja, wie meine Tochter ist. Sie hat immer ganz genaue Vorstellungen... Wo war ich? Ach ja, Efraim, hab ich gesagt, mal sehen, wen sie sich nun angelt, jetzt, wo sie Witwe ist. Und da sagt Efraim... Stellen Sie sich das mal vor, Fräulein, mein Efraim, der sonst nie den Mund aufkriegt... da sagt er doch glatt, ein passender Kerl wohne doch gleich auf der anderen Straßenseite. Ich war ganz perplex, das können Sie mir glauben! Als ob unser lieber, besonnener Pfarrer sich mit so einer Schlampe abgeben würde! Nein, der findet sich doch eine Bessere. Frideborg Janson scharwenzelt doch ständig um ihn herum, und Monika meint, Tekla Motander habe sich in den Kopf gesetzt, Susann zur Pfarrersgattin zu machen. Diese graue Maus, das fehlte noch! Übrigens scheint er jetzt eine ordentliche und anständige Haushälterin zu haben, die sich wie eine Mutter um Lotta kümmert. Ach, so ein süßes Ding! Und überfallen wurde sie, von einer ganzen Räuberbande, aber sie hat ihnen das Kirchensilber abgeluchst und dann... Danke, Liebes, wir nehmen die höchste Stufe, nicht? Dann geht's schneller. Zu Hause wartet ja der Neujahrsputz. Ich sage Ihnen, ein Elend ist das mit all diesen Feiertagen...«

Damit wurde die redselige Kundin unter die Trockenhaube befördert, und ich versäumte die interessante Fortsetzung.

Gedankenlos schlenderte ich die Straße hinunter zu Frideborg Jansons Geschäft. Dort angekommen ließen mich die Freundlichkeit und Wärme, die sie ausstrahlte, alles andere vergessen.

Sie trug ein ungemein unvorteilhaftes nesselgrünes Volantkleid und war gerade dabei, Hjördis und Einar in einem winzigen Hinterzimmer Kaffee einzuschenken. Hjördis verriet mit einem versonnenen Lächeln, dass sie ihr Leben lang davon geträumt habe, einen Kurzwarenladen zu führen.

»Die sind so ordentlich und hübsch und riechen so gut. Meine Tante führte so ein Geschäft. Als ich klein war, habe ich sie immer gerne besucht. Aber dann machte sie Konkurs. Sei also auf der Hut, Frideborg!«

Die bot mir ein Sahneteilchen an und wedelte mit ihren knochigen Händen Hjördis' Warnung beiseite.

»Pfui, Hjördis, jag mir doch keine Angst ein! Ich möchte viel lieber hören, was Herr und Frau Bure für einen Eindruck von unserem entzückenden Kila gewonnen haben!«

Es stellte sich heraus, dass Einar und ich ähnliche Erfahrungen gemacht hatten. Beim Barbier war Eje, während er eingeseift, rasiert und seine Haare geschnitten wurden, mit Mord- und Silberdiebstahl-Hypothesen unterhalten worden. Und als er anschließend noch zehn Minuten in einem Tabakladen zubrachte, hatte man ihm erklärt, Connie Lundgren sei der Mörder und Hjördis Holm die Silberdiebin. »Ein fremdes Weib, von der man nichts weiß ... bestimmt ist sie deshalb hergekommen!« Hjördis lächelte, doch Frideborg echauffierte sich, und nachdem ich von meinem Erlebnis im Frisiersalon erzählte hatte, ereiferte sie sich mit glühenden Wangen: »Wie schrecklich *gemein* die Menschen doch sind! Und die arme Tekla. Ist doch sonnenklar, dass diese Geschichte mit Barbara nicht einfach für sie war. Aber jetzt ist Gerhard schon seit fünf Jahren unter der Erde, da sollte man doch *meinen*, die Leute würden langsam damit aufhören, mit Schmutz um sich zu werfen. Hätten sie doch dem Herrn Pfarrer bei seiner Predigt am zweiten Weihnachtstag gelauscht, darüber, dass man kein falsches Zeugnis ablegen darf, vielleicht würden sie dann –«

»Ach bitte, Fräulein Janson«, unterbrach ich sie, »verraten Sie uns doch endlich, worum es hier eigentlich geht. Geheimnisvolle Anspielungen sind noch viel gefährlicher als falsche Zeugnisse. Warum sagt Tekla Motander, Barbara sei eine Schlampe? Und was meinte Barbara damit, sie habe nun *auch noch* Arne verloren? Was ist Barbara für ein Mensch? Abgesehen davon, dass die Männer sie mit den Augen verschlingen und die Frauen sie eine Schlampe und Diebin nennen?«

Einar räusperte sich verlegen, aber Frideborg nickte energisch.

»Liebe Frau Bure, so ist es schon immer gewesen! Barbara ist 1946 hier in Kila aufgetaucht, und obwohl sie keine Zeugnisse vorweisen konnte, stellte Gerhard Motander sie vom Fleck weg als Sekretärin ein. Sie soll durchaus tüchtig gewesen sein, nicht zuletzt, wenn es darum ging, Motander den Kopf zu verdrehen. Nun ist Tekla wahrlich niemand, der nur Däumchen dreht; sie war schon immer so energisch und tatendurstig. Ich kann gar nicht sagen, *wie* sehr ich sie dafür bewundere. Als sie erfuhr, dass die Sekretärin ihres Mannes ihm auch *nach* Dienstschluss Gesellschaft leistete, stellte sie einige Nachforschungen an und fand heraus, dass Barbara ihre Anstellung als Kassiererin in einem Geschäft in Västerås verloren hatte, weil dort täglich Geld aus der Kasse verschwunden war – keine großen Summen, aber trotzdem...«

»Hatte es denn auch Beweise dafür gegeben, dass Barbara dahintersteckte?«, fragte Einar mit der Strenge eines Inquisitors.

»Na ja.« Frideborgs blaue Augen flackerten unsicher. »Sie gab niemals zu, das Geld *gestohlen* zu haben, aber sie gestand durchaus ein, hin und wieder ein wenig nachlässig mit dem Wechselgeld gewesen zu sein. Und das bleibt sich doch gleich, nicht? Nun gut, Tekla weihte ihren Mann natürlich ein. Vergebens. Er weigerte sich strikt, Barbara zu kündigen. Sie haben sich schrecklich gezankt, bis er die Scheidung einreichen wollte, um Barbara heiraten zu können. Das war im Sommer 1948. Tekla war natürlich am Boden zerstört, ach, ich konnte sie *so gut* verstehen – man denke nur an den Skandal und das wundervolle Haus und das Geld, und was wäre aus Susann geworden? Aber mir fielen keine Trostworte ein. Und dann, als ob der Allmächtige auf die arme Tekla hinabgeblickt hätte, bekam der Herr Direktor einen Monat später diese Blinddarmentzündung und verstarb noch in derselben Nacht.«

»Na na, Frideborg«, mahnte Hjördis, »den Allmächtigen wollen wir mal lieber schön außen vor lassen.«

»Wie hat Barbara reagiert?«, fragte Einar, dessen Gedanken sich in recht eindimensionalen Bahnen zu bewegen schienen.

»Oh, sie trauerte offenbar mehr dem Vermögen hinterher als Gerhard Motander, denn schon ein halbes Jahr später heiratete sie Arne Sandell, der ihr seit ihrer Ankunft in Kila den Hof gemacht hatte. Für Tekla war es natürlich ein Schock, als Barbara ihre Nachbarin wurde, aber bislang lief es erstaunlich gut, das muss ich sagen, und – *Pardon*, liebe Freunde, da ist Kundschaft!«

Wir versicherten ihr, ohnehin aufbrechen zu müssen, und nachdem ich mir noch ein Paar schwarze Strümpfe gegönnt hatte, machten wir uns auf den Heimweg.

Als ich einige Stunden später allein im schummerigen Licht der Dämmerung im Pfarrhaussalon saß, kreisten meine Gedanken noch immer um Barbara. Ich hatte es mir in dem gelben Ohrensessel gemütlich gemacht und erinnerte mich, wie Barbara aus ebendiesem aufgesprungen war und Tekla Motander angeschrien hatte, sie sei ein »verfluchtes altes Klatschweib«. Nein, diese zwei Nachbarinnen waren einander spinnefeind, das stand außer Zweifel. Und nun kannte ich auch die Gründe. Aber inwiefern hatten diese Einfluss auf Arne Sandells Tod gehabt? Meine Gedanken schweiften hin und her, aber es war keine Lösung in Sicht, und erschöpft von all den Geheimnissen dämmerte ich weg.

Als ich abrupt aufwachte, spürte ich, dass ich nicht mehr allein war. Auf dem Tisch neben dem Weihnachtsbaum brannte Licht, und aus demselben Winkel des Zimmers war Tords gepresste und ernste Stimme zu hören.

»Es ist eine furchtbare Situation«, sagte er. »Und das Schlimmste daran ist, dass ich keinen Ausweg weiß. Glaub mir, ich würde nur zu *gern* zu Christer gehen, um mir alles von der Seele zu reden! Aber was ist, wenn die Dinge, die mir anvertraut wurden, am Ende gar nichts mit dem Mord zu tun haben? Wie könnte ich vor mir selbst und vor Gott rechtfertigen, mein Schweigegelübde gebrochen zu haben?«

Vater klang nicht minder ernst und sehr bestimmt.

»Es geht hier um Leben und Tod, Tord. Ein Mensch ist bereits tot, und wer weiß, ob nicht weitere folgen. Unter solchen Umständen treten die üblichen Normen außer Kraft.«

Ich hätte mich von meinem Sessel erheben und ins

Licht treten sollen, doch in ihren Stimmen lag etwas so Unverhülltes, dass mich das Gefühl befiel, schon zu viel gehört zu haben. Am liebsten hätte ich mich leise und unbemerkt davongeschlichen. Während ich noch mit mir haderte, sagte Tord impulsiv: »Johannes, du weißt, dass du mein uneingeschränktes Vertrauen genießt. Du bist nicht nur mein älterer Bruder, sondern auch der Mensch, dessen Intuition und Urteilsvermögen ich über alles schätze. Ich würde dir gern ein paar Hinweise darauf geben, worum es bei meinen Geheimnissen geht. Nichts Genaues, nur so viel, dass du ein Gespür für sie bekommst und mir sagen kannst, was *du* über ihren eventuellen Wert für die Polizei denkst. Einverstanden?«

Ich war im Begriff, mich aus dem Sessel zu erheben, ließ mich aber unwillkürlich zurücksinken, als ich hörte, was Tord zu sagen hatte.

»Schau, das erste meiner zwei Dilemmas ist so vertrackt, weil es sich um eine Beichte handelt. Eine Beichte, die ein Toter abgelegt hat und in der es um einen anderen Toten geht. Es ist also unmöglich, *diese* Person noch davon zu überzeugen, mit der Polizei zu sprechen!«

»Du hast also jemandem die Beichte abgenommen? War es ... Arne Sandell?«

»Ja. Rein zufällig war er Zeuge eines ominösen Tatbestands in Zusammenhang mit Gerhard Motanders Tod geworden. Er ... er hegte den Verdacht, es sei nicht alles mit rechten Dingen zugegangen. Er suchte meinen Rat, weil er nicht wusste, was er tun sollte. Noch dazu hatte er in der fraglichen Nacht eine gewisse Freude verspürt – Motander war schließlich sein Rivale bei Barbara. Wir sprachen vor allem über diesen Teil der Geschichte. Was seinen schlimmen Verdacht angeht, kann ich dir nicht mehr verraten, als dass er gegen eine bestimmte Person gerichtet ist, die ich niemals mit einer solchen Tat in Verbindung gebracht hätte. Darüber hinaus gründete er auf äußerst fragwürdigen Indizien. Schlussendlich waren wir uns einig, dass es sich um ein Missverständnis handeln musste. Damals war ich davon auch felsenfest überzeugt. Aber jetzt ... seit dem Mord an Arne sehe ich die Sache in einem anderen Licht. Ich weiß nicht mehr, was ich glauben soll.«

Tord brach ab, aber da Vater nichts sagte, fuhr er nach einer Weile, leicht verlegen und schleppend, fort: »Mein zweites ›Geheimnis‹ ist weniger aufsehenerregend, aber es könnte noch bedeutsamer werden. Es ... es geht um Barbara.«

Als er abermals innehielt, fragte Vater zaghaft: »Du bist verliebt in sie, nicht wahr?«

»Ja, ich glaube schon.« Tord sprach so leise, dass ich ihn kaum verstand. »Aber sie war verheiratet, deshalb habe ich mir nicht erlaubt, mir meine Gefühle einzugestehen. Und vielleicht liegt es nur daran, dass ... du recht hast. Wahrscheinlich sollte ich noch mal heiraten ... Wie auch immer, das alles hat nichts mit meiner Schwäche für Barbara zu tun. Ich hatte ihr meine Diskretion versprochen, noch bevor ich ahnte, worauf dieses Versprechen hinauslaufen würde. Und jetzt weigert sie sich strikt, mich von meiner Schweigepflicht zu entbinden. Sie versichert mir, ich würde nichts Wichtiges oder Gefährliches verschweigen, aber allein der Umstand, dass sie nicht darüber sprechen will, beunruhigt mich.«

»Und was verschweigt ihr zwei?«

»Barbara«, sagte Tord zögerlich, »lügt, wenn sie behauptet, sich ab halb fünf am Heiligabend in ihrer Wohnung aufgehalten zu haben. Um zwanzig nach fünf lief ich ihr auf dem Friedhof über den Weg, und die nächste halbe Stunde waren wir zusammen. Ich begleitete sie in die Kirche … sie wollte ihr Gesangbuch holen, das sie auf der Empore vergessen hatte. Und … ich muss zugeben, sie war sehr eigenartig.«

Er schwieg einen Augenblick und fügte dann bekümmert hinzu: »Sie war verängstigt, irgendwie angespannt und … um die Wahrheit zu sagen, *sie war nervös. Sehr nervös.*«

ZWÖLFTES KAPITEL

Der Silvestertag brach mit einem schneeverhangenen Himmel und einer bedrückenden Beerdigungsstimmung an. Am Frühstückstisch herrschte betretenes Schweigen. Tord wich Barbaras Blicken aus, und ich erinnerte mich an das Versprechen, das er Vater am Vortag gegeben hatte, nämlich sie unmittelbar nach der Beerdigung damit zu konfrontieren, dass einer von ihnen mit der Polizei sprechen müsse. Ich war meinem Vater sehr dankbar für seinen Einsatz, nicht zuletzt, weil es mir auf längere Sicht schwergefallen wäre, vor Eje und Christer geheim zu halten, was ich von meinem Platz im gelben Ohrensessel aus belauscht hatte.

Lotta stocherte grimmig in ihrem Essen herum und empörte sich, Silvester sei »ein blöder Tag, überhaupt nicht so lustig wie Weihnachten«, eine Aussage, die angesichts des vergangenen Heiligabends weder geglückt noch angebracht war. Tord verlor die Beherrschung und wies sie so energisch zurecht, dass Lotta zu weinen anfing. Von Hjördis begleitet, verließ sie das Esszimmer, aber nicht, ohne den angespannten Tord mit einem finsteren Blick abzustrafen.

Es war ein Tag, der so unglücklich anbrach, als ob wir bereits geahnt hätten, welches Leid er mit sich bringen würde.

Nach dem Frühstück fragte Barbara, ob ich sie nach oben begleiten und ihr beim Umziehen Gesellschaft leisten wolle. Da ich mir mein schwarzes Reisekleid bereits angezogen hatte, kam ich ihrer Bitte gerne nach.

In dem geräumigen Gästezimmer unterm Dach war es warm und heimelig. Ich setzte mich in einen weißen Schaukelstuhl und sah dabei zu, wie Barbara Strümpfe, Kleid und Unterwäsche zusammenklaubte. Wir sprachen zerstreut über alltägliche und belanglose Dinge. Welche Schuhe sollte sie anziehen? Für Pumps wäre es doch sicher zu kalt? Ob die Wege auf dem Friedhof wohl ordentlich vom Schnee freigeschippt waren? Wie seltsam es sei, dass Arnes Tante aus Kila nicht kommen werde. Und das, obwohl sie doch seine einzige lebende Verwandte war. Ein wenig sonderbar sei sie allerdings schon immer gewesen. Sie lasse sich nur ungern daran erinnern, dass auch sie eines Tages unter die Erde gebracht würde. Womöglich sei sie auch beleidigt, weil es keinen Leichenschmaus geben sollte … nur eine Tasse Kaffee im Pfarrhaus. Sei es nicht reizend, wie Tord und Hjördis diese Unannehmlichkeiten auf sich nahmen, sie seien während dieser schweren Tage eine große Hilfe gewesen.

Während Barbara die schwarzen Nähte der Strumpfhose auf ihren wohlgeformten Beinen zurechtrückte, sagte sie:

»Tord sollte Hjördis heiraten. Eine bessere Pfarrersgattin wird er nirgends finden.«

Ich sah sie forschend an. Ahnte sie denn nicht, dass Tord sich zu einer anderen Frau hingezogen fühlte, einer, die ganz und gar nicht zur soliden Pfarrersgattin taugte? Oder wollte sie es bloß nicht wahrhaben?

Barbara verschwand in einem ausladenden Wandschrank, kam aber bald, in einen blau gemusterten Morgenmantel gehüllt, wieder heraus. Sie krempelte die Ärmel hoch, und mit einem Mal glänzten ihre grünbraunen Augen.

»Den habe ich mir schon in der ersten Nacht mitgebracht, aber ich habe mich bis heute nicht überwinden können, ihn anzuziehen. Er gehört zwar mir, aber Arne hat ihn immer in Beschlag genommen. Am Tag vor Heiligabend zum Beispiel… von sieben bis kurz vor Mitternacht trottete er darin durchs Haus, packte Geschenke ein und –«

Mitten im Satz hielt sie inne und starrte mit gerunzelter Stirn auf einen Gegenstand, den sie aus einer der tiefen Taschen gefischt hatte. Es handelte sich um einen kleinen roten Taschenkalender, nicht viel größer als ihre Handfläche. Während sie darin blätterte, wurden die Furchen auf ihrer Stirn zusehends tiefer. Da glitt ein zusammengefaltetes Blatt Papier aus dem Buch und segelte sacht zu Boden. Wir bückten uns beide, doch Barbara war schneller. Ich konnte gerade noch ein paar kurze, maschinengeschriebene Zeilen erkennen.

Hastig ließ sie den Kalender mitsamt dem Zettel in ihrer Handtasche verschwinden. Sie wirkte so bestürzt und geistesabwesend, dass ich ängstlich fragte: »Barbara, was ist mit dir? Was hast du da gefunden?«

Ihre Antwort war eine faustdicke Lüge: »Nichts.«

Die gedankenverlorene Miene wich Barbara nicht

mehr aus dem Gesicht. Nicht, als sie ihr blondes Haar bürstete, in ihr neues Trauerkleid schlüpfte, sich ihren Pelz überwarf und ihren Hut aufsetzte, nicht, als wir in den grauen Dezembertag hinaustraten und zur Kirche hinübergingen, ja, noch nicht einmal, als wir im kühlen Gotteshaus Tords rauer Stimme lauschten.

»Allmächtiger, ewiger Gott, Herr über Leben und Tod. Wie unergründlich sind deine Urteile, wie unerforschlich deine Wege. Schenk uns Vertrauen zu dir und deiner Kraft...«

Und auch nicht beim tröstlichen Gesang des Kirchenchors: »Schönster Herr Jesu, Herrscher aller Herren.«

Erst als wir auf dem Friedhof am offenen, mit Tannenzweigen ausgelegten Grab standen, schienen ihre Sinne wieder empfänglich dafür zu werden, was ringsherum geschah. Sie weinte nicht, warf nur einen flüchtigen Blick auf den Sarg, als dieser ins Grab hinabgelassen wurde. Stattdessen ließ sie den Blick durch ihren zarten Trauerschleier über die Anwesenden schweifen, über einen nach dem anderen.

Den hageren, erschöpften und bleichen Tord in seinem schwarzen Talar...

Hjördis, die mit ihrem schwarzen Wollhandschuh vergeblich versuchte, sich die Tränen aus den großen Augen zu wischen...

Frideborg Janson mit ihrem freundlichen Gesicht, das neben einer roten Nase und weißem Puder von aufrichtiger Trauer geprägt war...

Die hoffnungslos schniefende und seufzende Susann...

Den plumpen und griesgrämigen Connie Lundgren, dessen Kopf wieder einmal verdächtig rot leuchtete...

Und einen jungen Mann im Hintergrund, der sich offenkundig dagegen gesträubt hatte, in schwarzer Kleidung zu erscheinen. Mårten Gustafsson trug seine gelbe Lederjacke und einen Schlips mit extravagantem Blumenmuster. Dennoch blickte er zum ersten Mal weder amüsiert noch ironisch drein. Er schien ernst, und wäre mir seine Einstellung der Kirche gegenüber nicht bekannt gewesen, ich hätte fast geglaubt, er sei in ein Gebet vertieft.

Barbaras sonderbares Verhalten hatte meine Aufmerksamkeit so sehr in Anspruch genommen, dass mein Eindruck von der Beerdigung sehr verschwommen war, als wir zum Pfarrhof zurückkehrten. Ich war verwirrt und angespannt, und während ich wie mechanisch beim Servieren des Kaffees half, versuchte ich das Auftreten der jungen Witwe zu studieren. Mit jedem der Anwesenden wechselte sie einige liebenswürdige Worte, dann steckten sie und Susann in einer abgelegenen Ecke des Salons die Köpfe zusammen. Nach einer Weile fragte ich mich, was Barbara gesagt haben mochte, weil das Mädchen so verdutzt und ratlos dreinblickte.

Im Laufe des Tages beobachtete ich, wie Barbara dieses Manöver zwei weitere Male wiederholte, beide Male mit demselben Effekt.

Wir besuchten die Silvesterandacht in der Kirche, wo wir über die Flüchtigkeit der Zeit und Vergänglichkeit eines Menschenlebens sinnierten und im Chor mit der vollzähligen Gemeinde Johan Olof Wallins Psalm über den Tod anstimmten.

»Die Stunden entschwinden,
werden leise und still.
Die Lichter erblinden,
versiegen im Ziel.
Es dräut schon die Dämmerung,
es wird nimmermehr Tag.
Mein Herr, sei bei mir nun,
der Abend bricht an.«

Der Organist spielte ein wehmütiges Postludium, die zahlreichen Kerzen flackerten, und draußen in der Dunkelheit des schneebedeckten Friedhofs lag in einem offenen, mit Tannenreisig ausgelegten Grab ein einsamer Sarg, während neben mir auf der harten Kirchenbank Barbara saß ... Was fühlte sie? Woran dachte sie?

Irgendetwas ging ihr durch den Kopf, das sah ich. Kaum war das Nachspiel verklungen, drängte sie sich flugs an mir vorbei in den Mittelgang und bahnte sich ihren Weg zu Tekla Motander. Sie sagte nur ein paar wenige Worte und ließ die stolze Direktorenwitwe, ohne auf eine Antwort zu warten, mit einem beinahe einfältigen Ausdruck in den braunen Augen stehen. Vor der Tür zur Sakristei fing sie auch noch Connie Lundgren ab, und ich vernahm sein grollendes und perplexes: »Ich? *Ich* soll ...?«

Barbaras Geheimniskrämerei ärgerte und betrübte mich. Meine Intuition sagte mir, dass sich ein verhängnisvolles Unglück anbahnte. Umso überraschter war ich, als Barbara auf dem Heimweg eifrig und vertraut mit Christer plauderte. Ich beschloss, leicht gekränkt, mich in nichts einzumischen, das offenbar nicht für meine Ohren bestimmt war.

Während des Abendessens zeigte sich Barbara lebhaft, gesprächig und strahlend schön. Ausnahmsweise konnte ich es meinem Mann nicht verübeln, dass er sie wie verhext anstarrte. Mit ihrem schulterlangen, glänzenden Haar, dem feinen Gesicht und den schönen grünen Augen war sie wohl tatsächlich so etwas wie die moderne Version einer Hexe...

Eje, Lotta und ich erledigten den Abwasch. Auch Lotta tat geheimnisvoll und summte unablässig und enervierend monoton eine frei erfundene Melodie: »Komm auf den Friedhof, heut' Abend um acht.« Als Einar das letzte Messer abgetrocknet hatte, verkündete er, für die nächsten Jahre genug von Friedhöfen zu haben, aber Lotta kicherte nur und schlich sich davon, um Nofretete zu suchen. Diese hatte mittlerweile das Treppensteigen für sich entdeckt, was zu einem endlosen Versteckspiel mit ihrer Besitzerin führte. Um Viertel vor acht betraten Eje und ich den anlässlich des Silvesterabends besonders hell erleuchteten Salon.

Vater und Christer saßen vor dem Kachelofen. Christer nippte an einem abgestandenen Kaffee, rauchte Pfeife und schien sich endlich eine kleine Auszeit von den aufreibenden Ermittlungen zu gönnen. Doch mit der Erholung war es nicht weit her, da ich mir selbstverständlich nicht verkneifen konnte, ihn zu fragen: »Wie steht's?«

Mit einer müden Handbewegung fuhr er sich durch das glänzende schwarze Haar.

»Nicht gut, Puck. Wir stecken fest. Wir haben eine

Menge Informationen, darunter einiges Kompromittierendes über so manchen Beteiligten, doch uns fehlt der entscheidende Beweis, der einen von ihnen als den Täter entlarven könnte. Und nehmen wir einmal an, der Silberdiebstahl steht in keinerlei Zusammenhang mit dem Mord, tja, dann wird das Ganze noch verzwickter.«

»Ich denke, es war Connie Lundgren«, sagte ich nachdenklich. »Er hatte Arne Sandell schon lange gegrollt, besonders in alkoholseligem Zustand. Laut verschiedener Zeugenaussagen wird er unberechenbar und aggressiv, wenn er getrunken hat. Und am Heiligabend *hatte* er getrunken, wahrscheinlich nicht gerade wenig. Er ging ins Geschäft, und der Eingang zu seiner kleinen Rumpelkammer liegt exakt in der Ecke hinter den beiden Tresen, nicht mehr als eine Armlänge von den Äxten entfernt. Er gab selbst zu, dort gewesen zu sein, und besitzt kein Alibi für die Zeit zwischen Viertel vor fünf und halb neun. Und dass er der Silberdieb ist, steht wohl völlig außer Zweifel. Er hat Zugang zu allen Schlüsseln und ist der ›große Kerl‹ aus Lottas Geschichte. Außerdem meidet er jeden Blickkontakt.«

»Das letzte Argument«, entgegnete Christer, »ist leider nicht viel wert. Ansonsten hast du eine vortreffliche Zusammenfassung der Anklagepunkte gegen Connie Lundgren vorgetragen. Jetzt bist du an der Reihe, Eje. Wie lautet deine Theorie?«

»Warum nicht Hjördis Holm?«, schlug Einar vor. »*Sie* hat gestanden, unsterblich in Arne Sandell verliebt gewesen zu sein. Und als er sich von ihr abwandte, folgte sie ihm bis hierher. Warum? Um Rache zu üben natürlich. In

Liebesangelegenheiten betrogene Frauen sind gemeingefährlich.«

»Ja, richtig«, schaltete ich mich bissig ein. »Und vor allem ist sie ein so schrecklich leidenschaftlicher Mensch. Genau der Typ Frau, der nach zehn Jahren einen von wilder Eifersucht getriebenen Mord begeht.«

Einar ließ sich nicht beirren.

»Ist mir doch gleich, welcher Typ Frau sie ist. Tatsache ist, dass auch sie kein Alibi vorweisen kann, da wir anderen zur fraglichen Zeit in unseren Zimmern waren.«

»Vielleicht sollte ich euch wissen lassen«, warf Christer ein, »dass wir Hjördis Holms Aussagen überprüft haben. Was sie sagt, scheint zu stimmen. Möglicherweise ist ihr Leben sogar noch trauriger und erbärmlicher gewesen, als sie es uns geschildert hat. Vielleicht ist das aber auch nur unsere Wahrnehmung, weil wir unter anderen Umständen aufgewachsen sind. Ihr Vater war jedenfalls ein ausgeprägter Eigenbrötler, der seiner Tochter aus purem Geiz verboten hatte, ihn zu verlassen – für eine Haushälterin war er schlichtweg zu knausrig. Den eigentlich ansehnlichen Hof hatte er so weit heruntergewirtschaftet, dass er zum Zeitpunkt seines Todes kaum noch etwas wert war. Laut Makler und Steuerbehörde blieben Hjördis lediglich fünftausend Kronen, als sie, im Alter von achtundzwanzig Jahren, endlich frei war. Sämtliche Nachbarn hatten Mitleid mit ihr. Die Familie, bei der sie in Östersund angestellt war, hat sie in guter Erinnerung. Die Leute sagen, sie sei während der kurzen Liaison mit Arne Sandell regelrecht aufgeblüht; die Trennung habe sie trotzdem erstaunlich gut verkraftet. Ja, viel mehr konnten wir nicht in Erfahrung bringen.«

»Wie? Keine Beweise dafür, dass sie in ihrer Jugend eine auf Silber und unersetzliche Mittelalterkelche spezialisierte Kleptomanin war?«, fragte ich.

Christer lächelte.

»Leider nein. Und keinesfalls kann sie die ominöse Frau gewesen sein, die Lotta auf dem Friedhof den Schal umgewickelt hat. Andere Vorschläge? Johannes hat wie gewöhnlich noch nichts gesagt. Lässt du uns an deinen Gedanken teilhaben?«

Vater schüttelte den Kopf.

»Du weißt, was ich von Diskussionen dieser Art halte. Ich finde es in höchstem Maße unpassend, auf Mörder zu tippen, als wäre man beim Pferderennen. Allerdings kann ich nicht leugnen, dass mich all diese Rätsel durchaus faszinieren, und ich bin sehr neugierig, wie die Lösung aussehen wird.«

Durch die Gläser seiner Brille fixierte er Christer eine Weile und fragte schließlich, beinahe widerstrebend: »Was hältst du von Tekla Motander?«

»Ja«, erwiderte Christer zögerlich. »Für die psychologischen Analysen ist für gewöhnlich Puck zuständig. Aber in meinen Augen wäre Tekla Motander ohne weiteres imstande, einen Mord zu begehen. Sie ist skrupellos, kaltblütig und duldet niemanden, der sich ihr in den Weg stellt. Es scheint durchaus möglich, dass sie ihren Mann beseitigt hat, und weil Arne Sandell zufällig Zeuge ihrer Missetat wurde, stellte er eine ständige Bedrohung für sie dar. Vielleicht hatte sie zunächst ein Druckmittel gegen ihn in der Hand, das plötzlich keine Wirkung mehr besaß, oder es geschah etwas, das dazu führte, dass sie Sandell am Heiligabend für immer zum Schweigen bringen wollte... Körperlich wäre sie durchaus dazu in der Lage, einen solchen Axthieb auszuführen, und in Sachen Alibi sieht es auch schlecht für sie aus.«

Wie sich herausstellte, war das Dorfgeschwätz über Barbaras und Gerhard Motanders Verhältnis bis zu Christer durchgedrungen, aber dass Motander sie einen Monat vor seinem Tod um die Scheidung gebeten hatte, war ihm ein Novum. Auf der anderen Seite konnten wir uns die vermögende und gottesfürchtige Direktorenwitwe kaum als Kirchensilberdiebin vorstellen...

»Allerdings wäre es ihr ein Leichtes gewesen, sich Susanns Schal zu schnappen«, sagte ich zaghaft. »Und sie und Susann sind die einzigen Frauen, die für die Rolle der ›Tante‹ in Lottas sonderbarem Abenteuer in Frage kommen.«

Vater, der seine kleine Nichte mittlerweile gut genug kannte, warf ein, er hege so seine Zweifel an der Existenz dieser »Tante«.

Einar bemerkte: »*Wenn* es eine Motander war, dann doch eher Susann. Sie ist mannstoll genug, um sich in jede Geschichte verwickeln zu lassen, solange nur ein Kerl involviert ist.«

»Susann?«, fragte ich erstaunt. »Die schüchterne, stille, zurückhaltende Susann? Sie wird wohl kaum...?«

»Doch, doch«, beteuerte Einar. »So etwas riecht ein Mann. Sie würde mit jedem verfügbaren Mann unter siebzig ins Bett gehen, wenn sie nicht solche Angst vor ihrer Mutter hätte.«

»Wohl kaum mit... Connie Lundgren?«, entgegnete ich schockiert.

Einar lachte. »Mit dem rothaarigen Mårten vielleicht? Entspricht der deinem Sinn für Romantik eher? Immerhin hat er sie kurz vorher angerufen, und zweifellos ist er auch in die Ereignisse am Heiligabend verwickelt.«

In meinem Unterbewusstsein stieg eine Erinnerung auf.

»Außerdem hat Susann gelogen, was ihren Heiligabendspaziergang betraf. Vielleicht hatte sie Mårten getroffen...«

Vater seufzte leise.

»Ich dachte, Barbara sei diejenige, die sich heimlich mit Mårten Gustafsson trifft?«

Damit war Einars Interesse an Susann sogleich verflogen. »Wo ist Barbara eigentlich?«, fragte er. »Seit dem Abendessen ist sie verschwunden.«

»Ich glaube, sie und Tord sind in seinem Arbeitszimmer und führen ein Gespräch unter vier Augen«, erwiderte Vater.

Mit einem Mal überfiel mich eine heftige Aversion gegen alles, was blond war.

»Wenn irgendjemand in dieses Durcheinander verwickelt ist, dann doch wohl Barbara. Warum legt ihr bloß keiner die Daumenschrauben an? Sie unterschlägt Geld, heiratet beinahe den siebenundzwanzig Jahre älteren Gerhard Motander, um an sein Vermögen zu kommen, und wirft schließlich Arne Sandells Geld zum Fenster hinaus. Legt das nicht die Vermutung nahe, dass sie es auch war, die das Kirchensilber gestohlen hat, weil sie sich daran bereichern wollte? Und was in aller Welt hatte sie an Heiligabend um halb sechs auf dem Friedhof zu suchen, wenn nicht...«

Ich biss mir erschrocken in die Unterlippe. Drei Augenpaare waren auf mich gerichtet. Einar und Christer musterten mich verblüfft und neugierig, Vater intensiv und fragend.

»Nun ja... ich bin wohl etwas müde«, stotterte ich kleinlaut. »Ich bringe die Dinge durcheinander...«

Ich schämte mich in Grund und Boden über mein unbeabsichtigtes Geständnis, Tords und Vaters Unterhaltung belauscht zu haben. Noch nie hatte ich mich so gefreut, Hjördis zu sehen, die in diesem Moment den Salon betrat.

Unser Gespräch nahm augenblicklich eine neutrale Färbung an, und ich hoffte, Vater würde meinen Fauxpas schnell vergessen. Dass es tatsächlich so kam, war jedoch einzig und allein den aufwühlenden Ereignissen geschuldet, die sich kurz darauf zutrugen.

Um neun Uhr wollten wir Kaffee trinken, und zwanzig Minuten vorher zog ich mich auf mein Zimmer zurück, um mich für den Jahreswechsel frischzumachen. Ich tauschte mein schwarzes Reisekleid gegen das gelbe Wollkleid, kämmte mich und zog mir die Lippen nach. Dann löschte ich das Licht und ging zurück auf den Flur.

Aus einem Impuls heraus trat ich vor eines der Fenster und blickte in die sternenlose Nacht. An der Vortreppe brannte eine Lampe, die in der umliegenden Finsternis einen Lichtkegel bildete, in dem ich, zu meinem großen Erstaunen, eine kleine weiß gekleidete Gestalt ausmachen konnte, die zielstrebig über den Gartenweg vom Haus weg huschte.

Ich kann mich nicht entsinnen, ob ich überhaupt irgendetwas dachte, als ich hinunterstürzte, in meine mit Fell gefütterten Stiefel schlüpfte, mir meinen Pelzmantel schnappte und ihr nachlief, durch das Gartentor und bis auf den stockfinsteren Friedhof. Mit einem Mal war ihre kleine Gestalt jedoch von der Dunkelheit verschluckt, und ich fand mich allein inmitten der bedrohlichen Grabesstille wieder.

Ich rief nach ihr: »Lotta!« Doch meine Stimme klang so befremdlich und hohl, dass ich mich zu keiner Wiederholung durchringen konnte. Wohin ich mich auch wandte, ich sah nichts als die Silhouetten der Bäume, Grabsteine und Kreuze, die aus dem Schnee aufragten.

Mein Herz hämmerte so, dass es mir beinahe den Atem verschlug. Plötzlich begannen sich zwischen den Gräbern schwarze Schatten zu regen. Angst stieg in mir auf, und ich begriff, dass es etwas gab, das noch viel schrecklicher war als die hier unter der Erde vermodernden sterblichen Überreste. Vielleicht lauerte irgendwo, hinter einem Baumstamm oder einem Grabstein, der Mensch, der Arne Sandell den Schädel eingeschlagen hatte und sich nicht davor scheuen würde, seine Tat zu wiederholen. Für so jemanden spielte es keine Rolle, ob das mutige Wesen, das sich in die Silvesternacht hinausbegeben hatte, um ihn zu enttarnen, nur ein Kind war. Mit großen grauen Augen und einem weißen Kätzchen, das zu Hause wartete.

Ich stolperte über den festgetretenen Friedhofspfad, gelangte zur Kirche und war mir plötzlich sicher, dass dort, im Schatten des Gemäuers, jemand lauerte. Wie betäubt von meiner Angst bog ich auf einen anderen Pfad, meinte, einen weißen Pelz im Schnee zu erkennen, und eilte dorthin. Und dann, völlig unerwartet, endete der Pfad, und ich stellte mit Schrecken fest, wo ich mich befand.

Ich stieß mit dem Fuß gegen einige zum Teil mit Kränzen, Bändern und Blumen übersäte Holzplanken, die ein offenes Grab abdeckten. Das Grab, in dem der Sarg mit Arne Sandells Leiche lag.

Plötzlich vernahm ich ein Flüstern neben mir und schrak zusammen. »Du, Puck.« Es war Lotta. »Irgendwas stimmt mit diesen Planken nicht. Heute Nachmittag lagen sie ganz anders. Jetzt ist da ein riesiges Loch in der Mitte, das kann doch nicht sein...«

Furchtlos trat sie auf eine Planke, um einen Blick in das Grab zu werfen.

Im selben Moment löste sich ein Schatten aus dem Dunkel, und ich wurde vom grellen Schein einer Taschenlampe geblendet.

Ich keuchte panisch, aber Lotta sagte nur: »Wie praktisch, dass da jemand mit einer Taschenlampe kommt. Leuchte hierhin... ins Loch hinein...«

Der Unbekannte tat, wie ihm geheißen, und im nächsten Augenblick nahm ich wahr, wie er die energisch protestierende Lotta mit einer ruckartigen Bewegung von der Öffnung wegzog.

»Was soll das? Warum darf *ich* nicht nachsehen? Lass mich los, hörst du!«

Wortlos reichte mir der Unbekannte die Taschenlampe, und als ich in das Grab hineinleuchtete, sah ich, welchen Anblick er Lotta erspart hatte.

Auf dem Sarg lag, in einer unnatürlichen Position, ein Frauenkörper.

Die kokette kleine Pelzmütze war ihr vom Kopf geglitten, und eine blonde Haarsträhne hatte sich in einem Tannenzweig verfangen.

Mit ihren geschlossenen Augen sah sie aus, als hätte sie ihren Frieden gefunden. Nun, da sie im engen, dunklen Grab ihres Mannes ruhte...

DREIZEHNTES KAPITEL

Jemand nahm die Taschenlampe wieder aus meiner zittrigen Hand, und noch ehe derjenige etwas sagte, wusste ich, wer es war. Mårten Gustafsson. Er hielt Lotta weiterhin fest und forderte sie mit ernster Stimme auf:

»Du hast flinke Beine, lauf schnell nach Hause und hol den Onkel Kommissar! Sag ihm, er wird hier gebraucht, aber sag nicht...«

Ohne ihn ausreden zu lassen, war die zur Hilfsbereitschaft erzogene Lotta bereits losgestürmt. Im Schein der Taschenlampe begegnete ich Mårtens blauen Augen, die mich bestürzt ansahen.

Wir kamen nicht dazu, etwas zu sagen, da wir von einer nervös nuschelnden Stimme überrascht wurden.

»Was zum Teufel ist jetzt schon wieder los? Was soll die verdammte Volksversammlung?«

Connie Lundgren war alles andere als nüchtern, dennoch gehorchte er ohne Widerworte, als Mårten ihn bat: »Besorgen Sie ein paar Taschenlampen und geben Sie den Polizisten, die bei den Sandells Wache halten, Bescheid, dass hier ein Unglück passiert ist.«

Ein Unglück, dachte ich benommen. Ja, so konnte man es wohl nennen, wenn eine trauernde Witwe in der Silvesternacht das Grab ihres Mannes besucht, in der Dunkelheit einen falschen Schritt tut und stürzt. Aber warum gab es ein Loch in der Holzabdeckung? Und warum war sie *rücklings* ins Grab gestürzt?

Mårten war einige Schritte zurückgewichen und pfiff leise, als er zwischen die Bäume bei der Kirche leuchtete.

»Lundgren hat recht. Das wird wirklich die reinste Volksversammlung. Hallo Susann! Versteck dich nicht hinter dem Schneehaufen. Komm, leiste uns bei unserer nächtlichen Totenwache Gesellschaft!«

Und noch ehe Susann Motander die kurze Strecke zum Grab zurückgelegt hatte, stieß ein weiterer Friedhofsbesucher zu uns.

»Ach, du liebe Güte!«, stieß die keuchende Frideborg Janson hervor. »Ist denn ganz Västlinge hier mit Barbara verabredet?«

Ihre Frage blieb unbeantwortet, da sich vom Pfarrhof drei schwankende Lichtpunkte näherten. Eine Minute später hatten sich Tord, Einar und Christer zu uns gesellt. Kurz darauf wurde unser Trupp noch durch einen Polizisten und den schnaufenden Connie Lundgren vergrößert.

Beinahe andächtig wurden die Taschenlampen gesenkt, um das Grab auszuleuchten. Ihr Schein glitt über die dunkelgrünen Kränze, die Hyazinthen und Tulpen, die bereits erfroren waren, über die Tannenzweige und schließlich über den Sarg und den reglosen Körper.

»Werden die Gräber nach der Beerdigung immer offen hinterlassen?«, fragte Christer bissig.

Die Taschenlampe in Tords Hand zitterte genauso stark, wie sie es kurz zuvor in der meinen getan hatte.

»Im Winter kommt das häufiger vor«, erwiderte er tonlos. »Die Totengräber arbeiten am liebsten bei Tageslicht. Und nach der Beerdigung hatte die Dämmerung bereits eingesetzt. Aber selbstverständlich wird das Grab mit Brettern abgedeckt. So wie jetzt dürfte es keinesfalls aussehen ...«

»Verzeihen Sie, Herr Pfarrer.« Connie Lundgren schien schlagartig nüchtern geworden zu sein. »Ich bin hier gewesen und habe mit Arvid gesprochen, als er gerade das Grab abgedeckt hat. Ich kann Ihnen versichern, gründlicher hätte er die Bretter nicht auslegen können. Jemand muss sich daran zu schaffen gemacht haben, jawohl!«

Die Öffnung musste um einige Handbreit vergrößert werden, damit der junge Polizist in das Grab hinunterklettern konnte.

»Sie ist anscheinend mit dem Hinterkopf auf die Sargkante aufgeschlagen. Die Frau ist mausetot«, sagte er ruhig und gefasst.

Christer streckte sich langsam. Er sah aus, als wäre er erst jetzt der beachtlichen Menschenansammlung gewahr geworden.

»Ich schlage vor, Sie gehen alle ins Pfarrhaus hinüber und warten dort auf mich.«

Während er das Licht seiner Taschenlampe langsam über unsere Gesichter wandern ließ, fügte er hinzu: »Außer Hjördis Holm, die bei Lotta ist, fehlt nur noch Tekla Motander. Könnte bitte jemand bei ihr anrufen und sie herbitten? Und Einar, bleibst du bitte auch kurz hier?«

Betreten, verwirrt und sonderbar misstrauisch untereinander marschierten wir los. Auf dem Weg überkam mich eine plötzliche Übelkeit, und sobald wir am Pfarrhaus angekommen waren, schloss ich mich im Badezimmer ein und übergab mich, lange und gründlich. Als ich anschließend in den Salon ging, waren auch Christer und Eje gerade zurückgekommen.

Der schöne Raum war von einer angespannten Atmosphäre erfüllt. Dagegen konnten auch die zahlreichen Kerzen der Krippe, des Christbaums und des siebenarmigen Bodenkerzenständers, die Hjördis angesteckt hatte, nichts ausrichten – keinem der Anwesenden stand der Sinn danach, so zu tun, als wäre er bei einer gemütlichen Silvesterfeier zu Gast. Vater bemühte sich zwar um eine Unterhaltung mit Tekla Motander, und Mårten und Susann tuschelten irgendwo im Hintergrund, aber Connie Lundgren war mucksmäuschenstill, Frideborg Janson seufzte nur leise vor sich hin, Hjördis starrte ins Leere, und auch Tord wirkte beinahe apathisch. Darüber hinaus trugen, mit Ausnahme von Christer, Mårten und meiner Wenigkeit, alle Anwesenden noch immer ihre schwarze Beerdigungskleidung, was den traurigen Eindruck noch verstärkte.

Christer setzte sich neben mich, und als er das Wort ergriff, drehten sich etliche Köpfe zu ihm um.

»Barbara Sandell ist tot. Noch weiß niemand, ob es ein Unfall war, Selbstmord oder… Mord. Deshalb gibt es etliche Punkte, über die ich mir Klarheit verschaffen will. Erstens: Wer von Ihnen hat sie heute Abend gesehen oder mit ihr gesprochen?«

Es war offensichtlich, wie viel Kraft es Tord abverlangte, sich zu sammeln und auf Christers Frage zu antworten.

»Ich ... Nun, ich hatte sie ja nach dem Abendessen um ein Gespräch gebeten. Wir zogen uns in mein Arbeitszimmer zurück, und dort waren wir bis kurz vor acht. Bis fünf vor acht, um genau zu sein. Ich sah nämlich auf die Uhr, als Barbara ging, und beschloss, in der nächsten Stunde noch an meiner Predigt für den morgigen Gottesdienst zu feilen.«

Viel mehr konnte Christer nicht über Barbaras Verbleib an diesem verhängnisvollen Silvesterabend in Erfahrung bringen. Da sie sonst niemand gesehen zu haben schien, war anzunehmen, dass sie nach dem Gespräch mit Tord auf direktem Weg zum Grab ihres Mannes gegangen war, das auch das ihre werden sollte.

Christer ging zum nächsten Punkt über.

»Was hatten Sie alle um neun Uhr abends auf dem Friedhof verloren? Weder Zeitpunkt noch Ort scheinen mir besonders geeignet für einen kleinen, unschuldigen Abendspaziergang ... Was ist mit dir Puck? Was hat dich trotz deiner Angst vor der Dunkelheit dorthin getrieben?«

Ich schilderte, wie ich Lotta davonschleichen gesehen hatte und ihr Hals über Kopf gefolgt war. Beim Gedanken an ein weiteres Verhör dieser vor Fantasie sprudelnden kleinen Zeugin seufzte Christer unwillkürlich.

»Wo ist Lotta jetzt?«

»In meinem Bett«, antwortete Hjördis, ungewöhnlich energisch.

Christer entschied, sie vorerst dort zu belassen, und knöpfte sich stattdessen Mårten Gustafsson vor.

»Und Sie... Sind Sie weiterhin der Überzeugung, es sei eine Unverschämtheit, wenn sich die Polizei für Ihr Privatleben interessiert?«

Aus Mårtens Gesicht war jede Spur von Ironie verschwunden. Er nahm einen tiefen Lungenzug von seiner Zigarette und sagte dann langsam: »Ich habe mich wie ein verdammter Idiot verhalten. Ich bin gerne bereit, alle Karten auf den Tisch zu legen, auch diejenigen, die alles andere als ehrenhaft sind... Mein kleiner Neujahrsabstecher nach Västlinge ist schnell erklärt. Barbara hat mich beim Beerdigungskaffee beiseitegenommen. Sie tat sehr geheimnisvoll und sagte: ›Komm auf den Friedhof, heute Abend um neun.‹ Na, da war doch klar, dass ich –«

Weiter kam er nicht, da aus allen Winkeln des Salons entgeisterte und ungläubige Ausrufe ertönten.

»*Komm auf den Friedhof, heute Abend um neun*«, wiederholte Frideborg Janson Mårtens Worte aufgeregt. »Genau das hat sie mir auch zugeraunt, als ich mich nach der Beerdigung von ihr verabschieden wollte, und ich fragte mich, warum sie so geheimnisvoll tat. Außerdem war es schrecklich *mühsam*, sich um neun Uhr davonzuschleichen, ich war doch bei den Motanders eingeladen, und wir waren gerade dabei, Casino zu spielen...«

Susann wurde knallrot. »Und ich habe Tante Frideborg dorthin gewünscht, wo der Pfeffer wächst! Ich platzte doch beinahe vor Neugier, warum Barbara mich auf dem Friedhof treffen wollte...«

»Mich auch«, murrte Connie Lundgren. »In der Kirche hat sie wortwörtlich zu mir gesagt: ›Komm auf den Friedhof, heute Abend um neun.‹ Ich war natürlich baff, es war schließlich das erste Mal, dass Barbara Sandell sich mit mir treffen wollte.«

Selbst Tekla Motander vergaß für einen Moment ihre Hochnäsigkeit. »Zu mir kam sie auch«, teilte sie aufgelöst mit. »Aber mir war, als meine sie es nicht ernst, als wolle sie mich aus irgendeinem Grund auf die Probe stellen. Außerdem hielt sich meine Lust, mich auf dem dunklen und verschneiten Friedhof mit Barbara zu treffen, in Grenzen, deshalb habe ich erst gar nicht in Erwägung gezogen, dorthin zu gehen.«

Jetzt schaltete sich auch Hjördis ein: »Ich habe ihr gleich gesagt, dass ich mich nicht einfach um neun Uhr davonstehlen kann. Schließlich wollten wir da Kaffee trinken. Daraufhin sagte sie nur ›Ach so‹ und drehte sich auf dem Absatz um. Ohne ein weiteres Wort.«

An Christers Miene war nicht einmal ansatzweise abzulesen, was er über Barbaras eigenartiges Verhalten dachte. Er steckte seine Pfeife an und bemerkte leichthin:

»Bleibst nur noch du, Tord. Hat sie bei dir keinen Versuch gewagt?«

»Oh doch, allerdings. Kurz bevor sie aufbrach, sah sie mich eindringlich an und sagte: ›Komm auf den Friedhof, heute Abend um neun.‹ Das war natürlich in jeder Hinsicht ein höchst seltsamer Vorschlag; schließlich hatten wir alles beredet, was zu bereden war. Es gab keinen Grund, warum wir unser Treffen draußen hätten fortsetzen sollen. Sie wartete auch gar nicht auf eine Antwort. Ich muss sagen, ich hatte denselben Eindruck wie Tekla: Dass sie das nicht ernst meinte. Es klang ... es klang eher, als zitiere sie etwas, ich weiß nur nicht, was ...«

Plötzlich schoss mir eine Erinnerung durch den Kopf, die in diesem Zusammenhang höchst relevant schien. »Während des Abwaschs hat Lotta pausenlos geträllert: ›Komm auf den Friedhof, heute Abend um acht.‹ War sie etwa *auch* von Barbara dorthin gelockt worden? Aber warum um acht, wenn sie doch alle anderen für neun Uhr bestellt hatte?«

»Wenn ich eine Sache inzwischen begriffen habe«, murmelte Einar mit düsterer Miene, »dann, dass Uhrzeiten und Zeitgefühl nicht zu Lottas Stärken gehören. Wenn ihre Uhr acht zeigt, zeigen unsere vermutlich neun. Außerdem hat sie das Haus doch auch nicht vor neun verlassen!«

Für einige Minuten senkte sich eine nachdenkliche Stille über den Salon. Dann stellte Einar fest: »Es scheint also, als hätte Barbara ihre seltsame Einladung an alle außer Johannes, Puck, Christer und meine Wenigkeit ausgesprochen.«

Eine weitere Erinnerung kam mir in den Sinn.

»Dafür hat sie Christer nach der Silvesterandacht abgefangen, um mit ihm zu sprechen. Ich dachte, ihr schmiedet gemeinsam heimliche Pläne. Was wollte sie denn da von dir?«

Christer sog an seiner Pfeife.

»Ja, das ist auch so ein Puzzleteil, das mir Kopfzerbrechen bereitet. Sie wollte wissen, ob man eine maschinengeschriebene Nachricht auch dann zurückverfolgen kann, wenn sie sehr kurz ist. Ich sagte ihr, unsere tüchtigen Spezialisten brächten fast alles zustande, und wie froh ich schon wäre, wenn mir ein so handfestes Indiz wie ein Zettel zur Verfügung stünde. ›Nur Geduld‹, erwiderte sie da, ›vielleicht kann ich einen beschaffen.‹«

»Der Zettel«, platzte ich heraus. »Der Zettel, der aus dem Taschenkalender fiel! Sie *hatte* etwas gefunden. Deshalb war sie den ganzen Tag so seltsam und –«

Damit hatte ich sogar den sonst so unerschütterlichen Christer aus der Fassung gebracht.

»Puck! Du meine Güte! Wovon sprichst du denn?«

Hastig beschrieb ich die rätselhafte Sache mit dem Morgenmantel, dem Kalender und dem Zettel.

»Sie hat ihn in ihre Handtasche gesteckt«, schloss ich meinen Bericht ab. »Vielleicht liegt er immer noch darin, und in dem Fall –«

Christer schüttelte den Kopf.

»Ich war dabei, als ihre Handtasche und Kleidung durchsucht wurden. Es gab nichts, was uns weiterbringen würde.«

Er sah mich eindringlich an.

»Sie hatte den Morgenmantel seit Arne Sandells Tod nicht mehr angezogen, sagst du? Und er hat ihn am Tag vor Heiligabend getragen? Dann dürfen wir wohl davon ausgehen, dass das rote Büchlein und der Zettel ihm gehörten.«

Christers Blick wanderte suchend über die Zimmerdecke.

»Welcherlei Notizen pflegt man in so einen kleinen Taschenkalender zu schreiben?«, fragte er.

Frideborg Janson war gleich zur Stelle.

»Ich notiere mir Zahlungsfristen für Versicherungen und Kredite und alle möglichen Geburtstage, an die ich im Laufe des Jahres denken muss. Es ist so furchtbar *praktisch*, solche Informationen stets zur Hand zu haben, vor allem, wenn man so vergesslich ist wie ich. Ich weiß nicht, was ich ohne meinen kleinen Kalender anfangen würde.«

Tord zückte einen blauen Kalender. Etwas größer als der, den ich bei Barbara im Gästezimmer gesehen hatte.

»Ich notiere sämtliche Verabredungen und Verpflichtungen, die ich wahrzunehmen habe. Hier zum Beispiel: ›Sonntag – Luciafest in Persby, Dienstag – Sprechstunde bei der Suchtberatung, Mittwoch – Handarbeitsverein‹ und so weiter.«

Sogar Susann Motander warf vor lauter Aufregung ihre Schüchternheit über Bord.

»Ich verwende meinen Kalender als eine Art Tagebuch. Ich schreibe auf, wenn in der Woche etwas Interessantes passiert ist. Oder wenn ich jemanden getroffen habe, in den ich ein wenig verliebt bin.«

Mårten Gustafsson räusperte sich und bemerkte dann halblaut: »Was gäbe ich darum, einen Blick in dieses Tagebuch werfen zu können!«

Susann lief puterrot an, und Tekla Motanders tadelnder Blick ging rasch zwischen ihrer Tochter und dem rotbärtigen jungen Mann hin und her.

Christer sagte müde: »Was auch immer in Arne Sandells Kalender oder auf dem Zettel stand, Barbara hat es für wichtig erachtet. Aber anstatt damit zu mir oder zum Polizeichef zu gehen, hüllte sie sich in Schweigen und spielte Privatdetektivin. Wenn ich doch nur wüsste, warum alle so erpicht darauf sind, der Polizei Steine in den Weg zu legen...«

»Ich glaube, Barbara hatte eine Aversion gegen die Polizei, wenn nicht sogar Angst vor ihr«, sinnierte Tord.

Tekla Motander, deren Gedanken vermutlich zu einer gewissen Wechselgeldaffäre schweiften, nickte maliziös.

Tord fuhr fort: »Wir waren alle dabei, als sie erklärte, dass die Einzelheiten aus ihrem und Arnes Privatleben, die nichts mit dem Mord zu tun hätten, auch Privatsache bleiben sollten. Ich vermute, sie hatte irgendetwas herausgefunden, wollte sich aber selbst ein Bild machen, ehe sie Christer einweihte. Sie hat sogar eine Andeutung in diese Richtung gemacht, als wir vorhin miteinander sprachen. Ich wollte sie dazu bringen, in einer gewissen Sache ein Geständnis abzulegen, und daraufhin erwiderte sie: ›Ja, nach neun Uhr heute Abend werde ich reinen Tisch machen. Aber erst muss ich mir Klarheit in einer bestimmten Angelegenheit verschaffen, die ich selbst noch nicht verstehe. Ich will Arne nicht unnötig bloßstellen... und auch sonst niemanden.‹«

»Aber jetzt«, entgegnete Christer, »ist sie tot und kann weder in der einen noch der anderen Angelegenheit reinen Tisch machen. Meinst du nicht, es wäre an der Zeit, uns zu verraten, worum es in eurem Gespräch ging? Vielleicht bringt das ein wenig Licht ins Dunkel.«

»Gut«, erwiderte Tord ernst, »ich werde sagen, was ich weiß. Leider ist es nicht besonders viel, denn sie war äußerst verschwiegen. Es... es geht darum, wo Barbara und genau genommen auch ich an Heiligabend waren.«

Er legte die Fingerkuppen aneinander und atmete tief

durch. Als er schließlich zum Sprechen ansetzte, wurden wir um eine Woche zurückversetzt, in jene Stunden, als die ganze Tragödie ihren Anfang nahm. Dabei war spürbar, wie wir uns allmählich der Lösung all der verworrenen Rätsel näherten.

»Als ich am Nachmittag von meinen Krankenbesuchen zurückkehrte«, sagte Tord, »ging ich tatsächlich auf den Friedhof. Ich stattete dem Grab meiner verstorbenen Frau einen Besuch ab, und als ich um zwanzig nach fünf auf dem Weg zum Pfarrhof das große Kirchenportal passierte, stieß ich überraschenderweise mit Barbara zusammen. Sie trug ihren roten Ulster, keine Kopfbedeckung und hatte einen mittelgroßen Koffer bei sich. Sie erschrak, als sie mich sah, und behauptete dann, sie wolle nur schnell ein Gesangbuch aus der Kirche holen; sie sagte, Arne und sie wollten am Abend die Lieder für den Gottesdienst noch mal durchgehen, und sie habe versprochen, dafür ein Gesangbuch mitzubringen, es aber nach der Probe vergessen. Ich dachte in dem Moment nicht daran, dass sie wahrscheinlich Arnes Kirchenschlüssel dabeihatte, deshalb bot ich ihr an, sie durch die Sakristei hereinzulassen. Sie holte rasch das Gesangbuch von der Empore, danach blieben wir noch eine Weile in der Kirche stehen und unterhielten uns. Erst im Nachhinein wurde mir klar, wie verängstigt und nervös sie gewesen war; in dem Moment kam sie mir wahrscheinlich nur aufgekratzt vor… Nun ja, als wir aufbrechen wollten, bückte ich mich, um ihren Koffer zu nehmen. Da stieß sie mich regelrecht zur Seite und war sehr darauf bedacht, den Koffer selbst zu tragen. Ich fragte sie scherzhaft: ›Was sind das eigentlich für mysteriöse Geschäfte, die dich am Heiligabend umtreiben? Spielst du den Weihnachtsmann, oder gehst du etwa auf Reisen?‹

Da wurde sie plötzlich sehr ernst, sah mich mit großen Augen an und antwortete: ›Ja, das sind in der Tat mysteriöse Geschäfte. Aber hör zu, Tord. Die Dinge sind nicht so, wie sie scheinen mögen. Denk bitte daran, falls dir etwas zu Ohren kommt. Im Grunde habe ich mit alledem nichts zu tun.‹

Ich hatte das deutliche Gefühl, dass sie in diesem Moment ganz und gar aufrichtig war, und dieses Gefühl habe ich noch immer, egal was seitdem geschehen ist. Sonst hätte ich mich wohl kaum dazu verpflichtet gefühlt, das Versprechen zu halten, das ich ihr dort, in der Kirche, gegeben habe. Nämlich das Versprechen, ihr zu vertrauen und keinem Menschen zu verraten, sie mit diesem Koffer gesehen zu haben. Ich war damals ziemlich perplex und bereute schon bald mein Versprechen. Noch bevor sich die Dinge so unheilvoll entwickelten. Heute bereue ich es natürlich erst recht… Aber ich hatte die ganze Zeit darauf gehofft, *sie* würde zur Polizei gehen, und so entwickelte sich zwischen uns eine Art Tauziehen, das bis heute andauerte. Sie weinte und versicherte mir, nichts Unrechtes getan zu haben, dennoch weigerte sie sich, mir zu sagen, worum es eigentlich ging. Ich mag mich irren, aber mir war, als würde sie sich mit der unbändigen Hartnäckigkeit einer Frau für jemanden einsetzen… als wolle sie jemand schützen.«

Tord verstummte, dafür erhob sich Mårten ruckartig von seinem Stuhl und platzte heraus: »Sie haben vollkommen recht, Herr Pfarrer. Loyal und gutmütig, wie sie war, hat sie jemand schützen wollen. Jemand, der sie gegen ihren Willen in ein dummes und rechtswidriges Durcheinander verwickelt hatte.«

Mit einem geschickten Wurf beförderte er seine Zigarette in den Kachelofen und fuhr dann, etwas gemessener, fort: »Ich verstehe verdammt gut, warum sie verhindern wollte, dass Sie den Koffer trugen, Herr Pfarrer. Und zwar deshalb, weil das gestohlene Kirchensilber darin lag. *Das hatte ihr ein Idiot zu Weihnachten geschenkt. Ein Idiot namens Mårten Gustafsson.*«

VIERZEHNTES KAPITEL

Selten hatte ich auf einen Schlag so viele Gesichter verwundert, wenn nicht sogar dumm dreinschauen gesehen. Tord schien seinen Ohren nicht zu trauen, Susann lachte hysterisch, und Frideborg Janson rief nach Luft schnappend: »Geschenkt... zu Weihnachten? *Das Kirchensilber?* Aber... aber was sollte sie denn damit? Bist du noch bei Sinnen, Junge?«

Der Einzige, der Mårtens Aussage halbwegs gefasst aufnahm, war Christer. Genüsslich streckte er seine langen Beine aus.

»Na, endlich«, murmelte er. »Ich hatte Sie von Anfang an als den Silberdieb in Verdacht. Das hätte jedenfalls erklärt, warum Sie auf keinen Fall zugeben wollten, an Heiligabend in Västlinge gewesen zu sein. Und Ihr Vater ist viele Jahre lang Mitglied im Kirchenrat gewesen. Wahrscheinlich haben Sie ihn als Kind öfters begleitet und dabei beobachtet, wie er den Schlüssel zur Truhe auf dem Regal in der Besenkammer versteckt hat. Ich vermute, Sie haben sich während der Chorprobe in die Kirche geschlichen und gewartet, bis alle gegangen waren. Dann haben Sie das Silber aus der Truhe geholt und sind gemütlich zur Sakristeitür hinausspaziert, die ja mit einem Wechselschloss versehen ist.«

Mårten gab ein zustimmendes Brummen von sich. Dann trat ein schelmisches Leuchten in seinen Blick.

»Ja, das war ein Kinderspiel. Ich musste mich nur in einer dunklen Ecke verstecken und warten, bis Herr Lundgren das Licht gelöscht und die Kirche abgeschlossen hatte. Als er weg war, hätte ich problemlos die gesamte Kirche plündern können. Ehrlich gesagt, war die Beute schwerer zu schleppen als zu stehlen.«

»Und warum haben Sie die Sachen wieder zurückgebracht?«, fragte Christer. »Hatten Sie befürchtet, Sie könnten es doch zu weit getrieben haben? Es handelte sich doch um eine Art Streich, nicht wahr? Oder wollten Sie damit gegen die Kirche und Religion im Allgemeinen demonstrieren?«

Mårten Gustafsson wanderte mit energischen Schritten im Salon auf und ab.

»Wahrscheinlich von allem ein bisschen«, gab er halb geniert, halb grinsend zu. »Ich wollte Barbara beeindrucken; sie war einige Jahre älter als ich und behandelte mich immer wie ein Kind. Wir sprachen viel über Religion, und manchmal schockierte ich sie mit meinen blasphemischen Sprüchen. Ich erinnere mich nicht mehr genau an den Zusammenhang, aber irgendwie kamen wir auf das Thema Kirchensilber, alter Aberglaube und Heiligtümer zu sprechen ... jedenfalls zog Barbara mich auf, klimperte mit ihren Augen und behauptete, tief in meiner Seele und meinem Herzen würde sogar ich mich vor Gottes Strafe fürchten: Nie im Leben hätte ich den Mut, etwa den Abendmahlskelch aus der Sakristei zu stehlen. Wir haben das beide vergessen, aber als ich am Heiligabend einen kleinen Abstecher hierher machte, um frohe Weihnachten zu wünschen, war Barbara gerade bei der Chorprobe. Ich schlich mich in die Kirche, um auf sie zu warten; ja, ich war wohl ein bisschen verschossen in sie, nichts Ernstes, aber genug, um ihrem grauen Alltag hier auf dem Lande ein bisschen Farbe zu verleihen... Nun ja, ich sah, wie Herr Lundgren in der Sakristei das Silber polierte, und da kam mir die Idee, einen Streich zu spielen. Wie das ablief, haben Sie bereits geschildert, Herr Kommissar. Also verstaute ich die Sachen in meiner Lederjacke und trottete damit wie der Weihnachtsmann rüber zu den Sandells. Das muss gegen fünf Uhr gewesen sein. Ich hatte mir überlegt, Barbara unter einem Vorwand nach draußen zu locken, aber weil sie allein war, ging ich stattdessen ins Haus und breitete meine Gaben vor ihr auf dem Küchentisch aus. Ihr Gesicht war alle Mühen wert. Verdutzt, überrumpelt, amüsiert, erschreckt – alles auf einmal. Wir plauderten ungefähr zehn, fünfzehn Minuten miteinander, bis sie plötzlich nervös wurde, weil sie dachte, Arne würde jeden Moment auftauchen. Da hat sie mich rauskomplimentiert. Und was die Beleuchtung im Hause Sandell anbelangt, die hier scheinbar so heiß diskutiert wird... als ich kam, brannte sowohl im Büro als auch im Geschäft Licht, aber als ich ging, war alles dunkel.«

»Das könnte bedeuten, dass der Mord ausgeführt wurde, während Sie sich im Haus befanden«, sagte Christer gedankenverloren. »Es lohnt sich wahrscheinlich kaum zu fragen, aber sind Sie auf Ihrem Hin- oder Rückweg jemandem begegnet?«

»Nur Tante Frideborg. Ich hatte auf dem Heimweg eine Panne, ungefähr einen Kilometer von der Kirche entfernt. Sie kam vorbei und ging mir mit ihren Ratschlägen und Kommentaren auf den Geist.«

»Das kann stimmen«, bemerkte Christer nickend. »Sie wird ungefähr fünfzehn bis zwanzig Minuten für einen Kilometer benötigt haben. Als sie bei den Sandells ankam, war es halb sechs. In der Zwischenzeit muss Barbara Sandell Ihr originelles Weihnachtsgeschenk in dem Koffer verstaut haben, um es möglichst schnell zur Sakristei und in die entsprechende Truhe zurückzubringen.«

Mårten hatte mittlerweile aufgehört, im Salon auf und ab zu marschieren, und stand nun an den Kachelofen gelehnt.

»Ja. Im Gegensatz zu mir war sie nicht der Meinung, dass es eine witzige Sache wäre, sich das Silber zu krallen und zu beobachten, wie der Pfarrer, der Kirchenrat und die scheinheiligen Gemeindeschäfchen die Augen verdrehen und sich echauffieren. Aber dann lief sie ausgerechnet dem Herrn Pfarrer in die Arme, woraufhin sie den Koffer wieder mit nach Hause nehmen musste. Und vor lauter Grübeleien, wie sie die Sachen wieder loswerden sollte, achtete sie nicht einmal darauf, ob in Arnes Büro noch Licht brannte. Am Ende versteckte sie den Koffer in einem Schrank und machte sich ans Kaffeekochen.«

»Und dann«, übernahm Christer, »wurde die Leiche entdeckt und das Haus von Polizisten überrannt, die jeden Winkel nach Spuren absuchten. Wie kam sie damit zurecht?«

»Barbara reagierte auch da ganz anders als ich«, erwiderte Mårten ernst. »Ich wollte sofort zum Polizeichef gehen und meine Eskapade gestehen, aber sie hielt mich zurück. Immer und immer wieder sagte sie, es sei nicht nötig, die Polizei da hineinzuziehen. Als ich sah, was für eine große Sache die Zeitungen aus dem Diebstahl machten, war ich ihr dankbar dafür; plötzlich klang es gar nicht mehr nach einem harmlosen Streich, sondern nach einem Verbrechen, das fast abscheulicher war als der Mord selbst. Und Barbara fand wahrscheinlich zu Recht, dass schon genug Wirbel um die Familie Sandell gemacht wurde, und wollte nicht noch mehr Verhöre und Befragungen über sich ergehen lassen.«

»Und der Koffer?«, fragte Christer.

Mårten grinste zufrieden. »Den brachte sie an Heiligabend mit hierher. Herr Bure soll ihn für sie getragen haben.«

Tord beäugte ihn misstrauisch. »Du meinst, das Kirchensilber war *hier*... im Pfarrhaus... während die Polizei im ganzen Land danach gesucht hat? Also, das –«

»Genau. Aber Barbara wollte es natürlich unbedingt loswerden, und dabei war sie bewundernswert erfinderisch. Sie bat Susann im Vertrauen, einen Koffer für sie zu verwahren, den ich dann abholen würde. Am zweiten Weihnachtstag hat sie Pfarrer Ekstedts Dienstmädchen damit zu den Motanders geschickt.«

Die steife, schwarzgekleidete Tekla Motander richtete sich kerzengerade auf, sodass sie noch steifer und finsterer wirkte, dann bemerkte sie eisig: »*Susann!* Ich bin erschüttert.«

Sie hatte keine Gelegenheit, dies weiter auszuführen, dafür umso mehr Anlass zu noch größerer Erschütterung, als Mårten Gustafsson die Geschehnisse des zweiten Weihnachtstages rekapitulierte. Nach einem Telefonat mit Barbara hatte er Susann angerufen, um ein Treffen auf dem Friedhof zu vereinbaren. Von dort aus hatte er Signale mit seiner Taschenlampe gegeben. Sobald alle Gäste gegangen waren, eilte Susann mit dem Koffer und einem Kuvert von Barbara, in dem Arne Sandells Kirchenschlüssel steckten, hinunter. Bis zu diesem Zeitpunkt hatte Susann keine Ahnung vom Inhalt des rätselhaften Koffers gehabt, trotzdem hatte sie sich loyal und verständnisvoll gezeigt, als Mårten ihr alles erklärte.

»Du warst prima!«, sagte er und warf der errötenden Susann einen Blick zu, der sie sogleich in ein süßes und attraktives Mädchen verwandelte.

Als Lottas Auftauchen den Plan beinahe vereitelt hätte, hatte Mårten ihr kurzerhand Susanns Schal umgebunden und sie so lange auf eine Kirchenbank gelegt, bis das »Diebesgut« wieder an seinen Platz war. Danach hatte er Lotta zum Pfarrhaus getragen und die Klingel betätigt. Lotta hatte das Ganze offenbar für ein spannendes Spiel gehalten, und so hatten auch Susann und Mårten die Angelegenheit betrachtet.

Mårtens Schilderungen rückten Lottas wahnwitzige Geschichte ins rechte Licht. Und sie gaben einen hochinteressanten Einblick in ihre Fantasie: Fast alles, was sie gesagt hatte, war durchaus zutreffend gewesen, allerdings war aus Mårten und Susann eine ganze Räuberbande geworden, und der schlanke, gerade mal mittelgroße Mårten war mit Connie Lundgrens hochgewachsener Statur und seinen gewaltigen Händen ausstaffiert worden.

Als Mårten seine Beichte beendet hatte, nahm er neben Susann Platz, und im Pfarrhaussalon brach eine hitzige Debatte über sein »gewissen- und gottloses« Verhalten aus. Die Adjektive kamen aus Tekla Motanders Mund, die damit die Einstellung der einen Fraktion zum Kirchensilber-Streich auf den Punkt brachte. Dazu gehörten, nebst der aufgebrachten Direktorenwitwe, Tord, Hjördis und Frideborg Janson. Die andere bestand aus Susann, Vater und mir. Wir waren auf Mårtens Seite und betrachteten das Ganze als einen eher harmlosen Schabernack. Connie Lundgren und Einar konnten sich nicht entscheiden, was sie denken sollten. Christer, der während unserer Diskussion geschwiegen und vor sich hin gegrübelt hatte, lieferte schließlich den einzig entscheidenden Kommentar.

»Das heißt, der Diebstahl hatte nichts mit dem Mord zu tun. Großer Gott, hättet ihr nicht ein wenig früher damit herausrücken können? Das hätte uns eine Menge Arbeit erspart. Nun ja, wahrscheinlich muss man dankbar dafür sein, dass überhaupt einer den Mund aufgemacht hat.«

Offenkundig an Frideborg Janson gewandt, fügte er hinzu: »Hat vielleicht sonst noch jemand eine wichtige Mitteilung zu machen, ehe es zu spät dafür ist?«

Frideborgs rüschenbesetzte schwarze Ärmel flatterten nervös durch die Luft.

»Ach, du liebe Güte! Ich komme mir ja vor wie eine gemeingefährliche *Verbrecherin*, Herr Kommissar. Und das nur, weil ich dachte, es sei das Rücksichtsvollste der lieben Tekla gegenüber, wenn ich verschweige, wen ich hinter die Garage huschen sah. Was man nicht weiß, macht einen nicht heiß...«

Im Salon, wo bis eben noch lautes Stimmengewirr zu hören gewesen war, herrschte auf einmal vollkommene Stille. Frideborg Jansons blaue Augen gingen unsicher zwischen Christer und Tekla Motander hin und her.

»Ich meine, als ich an Heiligabend um halb sechs den Hof der Sandells betreten habe«, flüsterte sie kleinlaut. »Da sah ich, wie eine Gestalt hinter der Garage verschwand. Offenbar um sich vor mir zu verstecken. Aber meine Augen sind ausgezeichnet, vor allem auf Entfernung, deshalb bin ich mir beinahe ganz sicher, dass es Susann war.«

Ausgerechnet die unscheinbare, langweilige Susann, die eine so vertrauenswürdige und gewissenhafte Zeugin abgegeben hatte. – Also hatte sie doch etwas verschwiegen! Nervös verhakte sie vor ihren Knien die Finger ineinander.

»Ja. Ich war's«, sagte sie leise. »Ich hatte Tante Frideborg kommen gehört. Sie sollte nicht sehen, dass ich auf dem Hof der Sandells herumschleiche. Deshalb habe ich mich versteckt.«

Tekla Motander hatte es nun endgültig die Sprache verschlagen.

»Und was wollten Sie dort?«, fragte Christer, ruhig und freundlich.

Susann wirkte in ihrem schwarzen Kleid weiß wie die Wand. Nur ihre Ohrläppchen färbten sich dunkelrot.

»Ich habe Mårten gesucht«, sagte sie kleinlaut. »Ich hatte sein Motorrad gesehen, als ich mich vor dem Zaun mit Arne Sandell unterhielt, und auf dem Heimweg wollte ich nachschauen, ob er immer noch da war. Aber das war er nicht.«

Mårten Gustafsson blickte sie konsterniert, aber nicht unangenehm berührt an.

»Ich hatte ja keine Ahnung…«, sagte er ruhig.

Damit wurde es erneut still im Salon. Ich versuchte, meine wild umherirrenden Gedanken zu ordnen. Was hatten wir soeben erfahren? Das Rätsel um das Kirchensilber war gelöst, wodurch auch Mårtens, Susanns, Tords und Barbaras seltsames Verhalten am Heiligabend eine logische Erklärung bekommen hatte. Standen diese vier damit außer Verdacht, was den Mord an Arne Sandell betraf? Gut, Tord hatte ich ohnehin allerhöchstens verdächtigt, etwas verschwiegen zu haben, was ausgesprochen werden sollte. Und auch Barbara zählte seit diesem tragischen Silvesterabend nicht mehr zum Kreis der Verdächtigen, da sie selbst dem Täter zum Opfer gefallen war. Aber die anderen zwei?

Die wankelmütige und liebeshungrige Susann?

Der charmante Mårten, dessen radikale Ansichten in erster Linie auf einer jugendlichen Lust an der Provokation in dieser verschlafenen Provinz gründeten?

Von den beiden wanderte mein Blick verstohlen zu den übrigen vier Anwesenden. Hatte einer von ihnen erst Arne Sandell und dann, vor gerade mal einer knappen Stunde, seine schöne und wehrlose Frau ermordet?

Frideborg Jansons Falten traten trotz oder wegen des

reichlich aufgetragenen Puders mit unbarmherziger Deutlichkeit hervor. Die Falten im Gesicht einer einsamen, zu jedermann freundlichen, aber leicht schusseligen Frau...

Hjördis hielt unter ihrem schweren Haarkranz den Blick gesenkt und nestelte geistesabwesend an den schneeweißen Spitzenmanschetten. Was ging ihr durch den Kopf? Ob das Gebäck für die versammelte Schar reichen würde oder doch irgendein abgründiges Geheimnis?

Tekla Motander saß so stocksteif da wie eine Eisskulptur. Nur ihre stechenden braunen Augen verrieten den unbeugsamen, egozentrischen Willen hinter der unnahbaren Fassade.

Connie Lundgren vermittelte unterdessen den Eindruck, sich im Salon des Pfarrhauses ganz und gar nicht wohlzufühlen. Unablässig scharrte er unter seinem Stuhl mit den Füßen, und es war unübersehbar, dass seine Gedanken um eine gewisse Halbliterflasche und ein Gläschen in der heimischen Hausmeisterstube kreisten.

Einer von ihnen musste es gewesen sein... Aber wer? Wer?

Die Pendeluhr an der Wand gab zehn jammernde Schläge von sich. Dieselbe Anzahl wurde von der mächtigen erzenen Kirchenglocke wiederholt. Da trat ein Polizist in Zivil ein, um Christer Bericht zu erstatten, und einmal mehr war ich erstaunt darüber, wie schnell die Polizei und die Vertreter der Landesmordkommission zur Stelle waren. Dass Silvester war, eigentlich ein Abend für Familie und Feste, schien die professionelle Effektivität nicht im Geringsten zu schmälern.

Christer besprach sich mit seinem Kollegen auf dem

Flur. Als er zu uns zurückkam, erbarmte er sich, weil er wohl die ängstliche Neugier in unseren Gesichtern sah, und schilderte in aller Kürze, was er erfahren hatte.

»Es ist eine eigenartige Geschichte. Der Arzt sagt, Barbara Sandell wurde höchstwahrscheinlich ins Grab gestoßen, und zwar mit solcher Wucht, dass sie sich beim Aufprall am Hinterkopf und am Rückgrat verletzt hat. Aber sollte es sich tatsächlich um den Versuch einer Tötung gehandelt haben, war dieser nicht sonderlich durchdacht und geschah wahrscheinlich aus dem Affekt heraus. Denn wer immer sie gestoßen hat, konnte nicht wissen, dass Barbara Sandell sich tödlich verletzen würde. – Wenn sie doch nur überlebt hätte und uns sagen könnte, wer sie gestoßen hat!«

Damit versank Christer in seine Gedanken.

»Gab es denn um das Grab herum keine Spuren im Schnee?«, erkundigte sich Einar neugierig.

»Wenn es welche gegeben hat«, erwiderte Christer verbittert, »dann wurden sie von all denen zertrampelt, die später dort umherspukten.«

»Konnte der Arzt den Todeszeitpunkt feststellen?«

Der grüblerische Ausdruck in Christers blauen Augen verstärkte sich. »Das konnte er. Aber glaub nicht, das würde Licht in die Sache bringen. Wie wir wissen, hatte Barbara Sandell ja mindestens sieben Personen für neun Uhr auf den Friedhof bestellt. Der Arzt meint aber, sie sei eher gegen acht Uhr gestorben.«

Tord erhob aufgeregt Einspruch: »Aber sie hat mein Zimmer erst um fünf nach acht verlassen. Sie müsste also direkt auf den Friedhof gegangen sein und … und …«

Völlig unvermittelt begann Christer, uns hastig Fragen zu stellen. Wo waren die Anwesenden um acht Uhr gewesen?

Christer selbst, Vater, Einar und ich hatten plaudernd im Salon gesessen. Tord war allein in seinem Arbeitszimmer in der oberen Etage gewesen. Hjördis hatte in den Gästezimmern aufgeräumt. Dabei, sagte sie, habe sie gehört, wie Lotta auf der Treppe mit Nofretete gespielt habe. Connie Lundgren war daheim gewesen und hatte irgendeinem »Silvesterspektakel« im Radio gelauscht. Susann und Frideborg Janson glaubten, um acht Uhr mit ihrem Casino-Spiel begonnen zu haben. Als Christer nachbohrte, gaben sie jedoch zu, es könnte auch Viertel nach acht oder später gewesen sein. Vor dem Kartenspiel hatte Frideborg eine Weile allein im Motander'schen Salon gesessen und in einigen Weihnachtszeitschriften geblättert.

Tekla Motander behauptete, sich mit Kopfschmerzen auf ihr Schlafzimmer zurückgezogen zu haben, um sich für den Jahreswechsel auszuruhen.

Mårten Gustafsson gab an, er sei erst um zwanzig vor neun Richtung Västlinge losgefahren. Um acht habe er noch im Schoß der Familie seinem Neffen aus *Pu der Bär* vorgelesen. – Ja, diesmal stimmte es tatsächlich! Nach einem kurzen Telefonat hatte sein Vater die Angaben bestätigt. Mårten hatte also ein Alibi. Doch damit war er der Einzige.

Christer blickte genauso konfus drein, wie ich mich fühlte. Als er knapp verkündete, keine weiteren Fragen zu haben, machten sich unsere unfreiwilligen Silvestergäste auf den Heimweg, einer nach dem anderen: Lundgren als Erster, gefolgt von Mårten, der Susann begleitete, zuletzt Frideborg Janson und Tekla Motander. Hjördis rauschte in Richtung Küche, und auch Tord und Einar zogen sich zurück.

Plötzlich war es mucksmäuschenstill, und weder Vater noch ich wagten es, Christer, der nervös auf und ab ging, zu stören.

Es war ein äußerst ungewöhnlicher Anblick, ihn so entgeistert zu sehen. Seine Ungeduld und Nervosität färbten immer stärker auf mich ab, und schließlich befiel mich das Gefühl, die letzten Minuten des Jahres würden immer schneller verstreichen. Als würden sie auf etwas zurasen, das unbedingt verhindert werden musste... Aber was?

Christer empfand es genauso. Das wusste ich, noch bevor er den Mund öffnete. Es war, als spürten wir etwas, dessen Bedeutung wir um jeden Preis erfassen mussten, ehe es zu spät war.

»Ich glaube, allmählich die Konturen eines Musters zu erahnen«, sagte er, »jetzt, wo klar ist, dass Arne Sandell nicht wegen des Silbers ermordet wurde. Oder zumindest nicht wegen des *Kirchensilbers*. Aber woher die Beweise nehmen? Irgendetwas bohrt sich da in mein Hirn. Eine Ahnung, an die ich *dringend* herankommen muss, aber ich kriege sie einfach nicht zu fassen.«

Und die Uhr tickte stetig weiter. Minute um Minute.

Am Ende kam es mir vor, als wäre die enervierende Pendeluhr zum Leben erwacht, um dem rastlosen Christer etwas zuzurufen. Er hielt nämlich abrupt inne und starrte auf das schwarzweiße Zifferblatt.

»Die Zeit! Es muss etwas mit den Uhrzeiten zu tun haben... Sieben Personen hatte Barbara Sandell auf den Friedhof zitiert – darunter auch den Mörder ihres Mannes. Aber sie wurde um acht Uhr umgebracht...«

»Du vergisst die achte Person«, meldete Vater sich ruhig zu Wort.

Christer schnappte nach Luft.

»Um Gottes willen, *Lotta*! Sie hat die ganze Zeit gewusst, dass Barbara jemanden um *acht* treffen wollte. Aber weil ihre Uhr wie immer falsch ging, kam sie zu spät auf den Friedhof. Sie muss belauscht haben, wie Barbara das Treffen verabredet hat. Vielleicht hat sie sogar gesehen, mit wem.«

Und dann, ganz heiser vor Aufregung, stieß er hervor: »Lotta! Wenn sie *weiß*, wer der Mörder ist –«

Und im nächsten Moment stürzte er auch schon die Treppe hinauf, zu schnell, als dass ich ihm hätte folgen können. Erst im Flur in der oberen Etage holte ich ihn ein, als er gerade aus Lottas Zimmer stolperte.

»Sie liegt nicht in ihrem Bett. Sie –«

Er verstummte und packte mich am Arm.

»Psst. Was ist das?«

Wir wandten uns um und starrten mit hämmerndem Puls auf die Tür, die ins Dachgeschoss hinaufführte. Christer riss sie auf, dann blieben wir wie paralysiert am Fuß der steilen Holztreppe stehen.

Denn auf der obersten Treppenstufe, zu weit entfernt, um zu ihr zu gelangen, ehe sie fallen würde, stand Lotta in ihrem blauen Pyjama.

Sie wandte uns den Rücken zu, und ihre sonst so

sichere Stimme klang schrill, als sie schrie: »Warum siehst du mich so an? Warum?«

Die unsichtbare Gestalt hinter ihr war vollständig vom Schatten verschluckt. Aber Christer wusste mehr als ich. Mit einer Ruhe und Bestimmtheit, wie er sie in diesem Moment vermutlich gar nicht verspürte, sagte er: »Rühren Sie Lotta nicht an! Es ist sinnlos, sie die Treppe hinunterzustoßen. Ich werde Sie in jedem Fall für zwei Morde festnehmen, Hjördis Holm.«

Für einige Augenblicke herrschte atemlose Stille.

Dann machte jemand einen Schritt nach vorn. Licht fiel auf eine Hand, die noch ausgestreckt war, um Lotta den tödlichen Stoß zu versetzen.

Eine Frauenhand mit einer weißen Spitzenmanschette.

FÜNFZEHNTES KAPITEL

Dann geschah alles auf einmal.
Lottas Schreie mischten sich mit meinen, Christer versuchte die steile Treppe schneller hinaufzujagen, als der Körper eines Kindes würde fallen können, und von oben ertönte ein kräftiges Poltern.

Vor lauter Angst kniff ich die Augen zu.

Als ich sie wieder aufschlug, stand Lotta immer noch wohlbehalten auf der obersten Treppenstufe. Christer war gerade bei ihr angekommen, doch sein Interesse galt mittlerweile nicht mehr Lotta, sondern dem, was hinter ihr auf dem Dachboden vorging.

»Lass sie nicht los!«, keuchte er. Und dann, schon etwas gelassener: »Geben Sie auf, fliehen ist zwecklos.«

Jemand begann zu weinen, laut und jammernd: »Ich ... ich wollte Lotta nicht wehtun. Aber ich hatte solche Angst ...«

»Du hast mich reingelegt«, rief Lotta vorwurfsvoll. »Du hast gesagt, Nofretete hätte sich auf dem Dachboden versteckt. Aber sie ist gar nicht hier. Wo ist sie? Ich will meine Nofretete!«

Lotta wurde hochgehoben, und zu meinem Erstaunen gehörten die Arme, die sie trugen, und die Beine, die mit ihr die halsbrecherische Treppe hinabstiegen, Einar.

Er berichtete mir, Vater und Tord, die von unserem Geschrei alarmiert herbeigeeilt waren, er habe sich in einer Mischung aus Neugier und Sentimentalität in Barbaras Zimmer umgesehen. Dann habe er Gepolter und Stimmen vernommen und sei glücklicherweise zur rechten Zeit am rechten Ort gewesen.

»Tante Hjördis war so komisch«, sagte Lotta aufgebracht. »Sie hat mich ganz gemein angesehen, und gelogen hat sie auch. Sie hat gesagt, Nofretete...«

Damit wand sie sich aus Einars Armen, um auf allen vieren die Suche nach ihrem geliebten Kätzchen fortzusetzen. Wir Erwachsenen blickten einander konsterniert an. Nicht einmal als Christer mit der leichenblassen und noch immer in Tränen aufgelösten Hjördis herunterkam, wollte es mir in den Kopf, dass dies das Ende der Tragödie und die schwarzgekleidete Frau mit den klaren blauen Augen und der dunkelbraunen Flechtfrisur eine Mörderin sein sollte.

Christer führte sie in Tords behagliches, von Bücherregalen gesäumtes Arbeitszimmer, und wir folgten ihnen zögerlich. Drinnen gaben uns Christers sachliche Fragen und Schlussfolgerungen sowie Hjördis' zögernde Antworten eine Vorstellung davon, was sich zugetragen hatte und wie es dazu hatte kommen können. Eines nach dem anderen lösten sich die Rätsel, und je länger das Verhör dauerte, desto deutlicher wurde, welche Erleichterung es für die Befragte war, ihre Tat zu gestehen und sich ihres dunklen Geheimnisses zu entledigen.

Zu Beginn weinte sie beinahe hysterisch und beteuerte beharrlich, sie habe Lotta nie ein Leid zufügen wollen.

Sie habe nur solche Angst bekommen, als ihr klar wurde, dass Lotta wusste, mit wem Barbara das Acht-Uhr-Treffen auf dem Friedhof verabredet hatte. Deshalb habe sie das Mädchen um jeden Preis zum Schweigen bringen wollen.

»Aber ich wollte nicht... ich wollte doch nicht...«

Irgendwann gelang es Christer, sie von diesem aussichtslosen Thema abzubringen, und er kam auf Barbaras sonderbares Verhalten zu sprechen.

»Warum bestellte sie so viele Leute für neun Uhr auf den Friedhof, aber Sie eine Stunde früher? Ich vermute, es hat etwas mit dem Taschenkalender und dem Zettel aus Arne Sandells Morgenmantel zu tun. Hatten Sie die Nachricht auf dem Zettel geschrieben?«

Hjördis fischte ein Taschentuch aus einer ihrer großen Rocktaschen und schnäuzte sich. Dann nickte sie wortlos.

»Und was stand da?«, fragte Christer weiter.

»Was da stand? Ich dachte, das wüsste jeder. Es waren einige Worte an Arne, die ich am Tag vor Heiligabend auf der Schreibmaschine hier im Büro vom Herrn Pfarrer getippt hatte: *Komm auf den Friedhof, heute Abend um neun*. Barbara begriff, dass der Zettel eine wichtige Spur sein konnte. Indem sie jedem diese Worte zuraunte, wollte sie vermutlich prüfen, ob jemand verdächtig reagiert. Hätte ich gewusst, hätte ich doch nur gewusst, dass ich nicht die Einzige war, mit der sie das gemacht hat, dann hätte ich nicht solche Angst haben müssen. Aber ich dachte, sie hätte alles durchschaut, und deshalb wagte ich nicht, ihr das Treffen abzuschlagen. Und weil ich um neun Uhr den Kaffee servieren sollte, schlug ich ihr acht Uhr vor.«

»Wenn Barbara mich doch nur in ihre Pläne eingeweiht hätte!«, stieß Christer verzweifelt hervor.

Ich musste ihm recht geben. Hätte Barbara sich der Polizei anvertraut, anstatt auf eigene Faust Nachforschungen über die dunklen Geheimnisse ihres Mannes anzustellen, wäre sie jetzt vermutlich noch am Leben.

Mit leiser Stimme fuhr Hjördis fort, die schreckliche Szene auf dem Friedhof zu schildern. Es war, als sähen wir mit eigenen Augen, wie sie zwischen den Gräbern auf und ab ging, gequält von der Ungewissheit, was Barbara sagen und tun würde. Halb benommen schmiedete sie, für den Fall, dass Barbara ihr auf die Schliche gekommen war, den Plan, sie in Arnes Grab zu stoßen und es anschließend wieder mit den Holzplanken zu verdecken, damit sie dort gefangen wäre. Das hätte ihr genug Zeit verschafft, um aus Västlinge zu fliehen, fort von Barbara, fort von der Polizei. Sie hätte eine neue Identität annehmen, in Norwegen oder Dänemark untertauchen und so dem Prozess, dem Skandal und der lebenslangen Haft entkommen können ... Also schob sie die Planken in der Mitte des Grabes auseinander, doch als hätte die körperliche Anstrengung sie klarer denken lassen, hatte sie die makabre und absurde Idee längst verworfen, als Barbara schließlich auftauchte. Im Übrigen zeigte die Unterhaltung mit Barbara, dass diese gar nicht wusste, was Hjördis eigentlich vorzuwerfen war.

»Sie drohte mir damit, dass sie Arnes Tagebuch und die Nachricht in ihrer Handtasche habe, und behauptete, der Kommissar habe gesagt, man könne die Schreibmaschine aufspüren, auf der die Nachricht getippt worden war. Allerdings brachte sie meine Zeilen zu dem Treffen auf dem Friedhof am Tag vor Heiligabend nicht mit Arnes Tod in Zusammenhang. Da dachte ich, wenn ich ihr die Handtasche entreiße und das unglückselige Papier an mich nehme, hätte sie keinen Beweis für meine Verbindung zu Arne. Also versuchte ich, ihr die Tasche abzunehmen, aber sie hielt sie krampfhaft fest. Während wir darum rangen, bewegte sie sich immer näher auf das Loch zu, was wir beide nicht bemerkten. Als ich die Tasche endlich zu fassen bekam und Barbara wegschubste, hatte ich gar nicht vor, sie ins Grab zu stoßen. Es… es war schrecklich, sie sterben zu sehen. Als sie keinen Laut mehr von sich gab, befiel mich die Panik. Ich zog den Kalender aus ihrer Handtasche und warf sie dann ins Grab. Meine Nachricht habe ich vernichtet, aber den Kalender habe ich hier…«

Sie holte das kleine rote Büchlein hervor und legte es vor sich auf den Tisch. Christer blätterte bedächtig darin und sagte dann, ebenso bedächtig: »Für ein Tagebuch ist es erstaunlich knapp gehalten. Bloß ein paar Ziffern. 6. Februar: 1000. 20. März: 500. 17. April: 1000. 29. Mai: 500. 10. Juli: 2000. 21. August: 1000. 25. September: 1000. 16. Oktober: 500. 20. November: 500.

Hjördis hatte mittlerweile ihre äußerliche Ruhe zurückgewonnen. Sie musterte Christer mit einem beinahe neugierigen Blick. Es war, als wolle sie ihm die Frage stellen, die er im nächsten Moment selbst aussprach: »Was haltet ihr davon?«

»Vielleicht sind es Chiffren«, schlug ich vor.

»Die wären aber ziemlich einfallslos«, entgegnete Einar. »Nein, ich glaube, die Ziffern stehen für Geldsummen. Entweder sind es Beträge, die Arne Sandell empfangen hat, oder es sind Summen, die er selbst gezahlt hat.«

Ein schwacher Seufzer kam von Hjördis. Dann sah sie Christer unverwandt in die Augen.

»Sie haben ihn erpresst«, bemerkte er und schien nicht sonderlich erstaunt. »Achttausend Kronen innerhalb eines Jahres. Deshalb hat er nicht, wie in den Vorjahren, Geld auf sein Konto eingezahlt, sondern im Gegenteil viertausend Kronen abgehoben. Und es erklärt auch den geistesabwesenden und bekümmerten Eindruck, den er auf Barbara gemacht hat, und warum er ihr nicht wie versprochen ein neues Auto kaufen konnte. Ihre Erpressung führte so weit...«

Hjördis schüttelte sachte den Kopf.

»Ich mag das Wort Erpressung nicht«, sagte sie mit einer gewissen traurigen Würde in der Stimme. »Außerdem ist mir neu, dass man es so nennt, wenn man verliehenes Geld zurückverlangt.«

Jetzt schaute Christer sie aufrichtig verblüfft an.

»Wollen Sie damit etwa sagen, das Geld, das er 1944 für die Ladenübernahme brauchte, hatte er von *Ihnen*?«

»Ja«, erwiderte Hjördis stolz, »das hatte er von mir.«

»Aber das ist doch nicht möglich!«

Selten hatte ich Christer so aufgebracht gehört.

»Großer Gott, diese Theorie ging mir im Laufe der vergangenen Woche mehrmals durch den Kopf. Ich wurde misstrauisch, als Sie Puck so freimütig von Ihrer anrührenden und unschuldigen kleinen Romanze mit Arne erzählten. Diese unvermittelte Offenheit hatte etwas Unnatürliches. Aber Sie hatten sehr richtig angenommen, es sei besser, wir würden die Geschichte von Ihnen selbst hören, als auf anderem Weg davon zu erfahren. Ziemlich raffiniert, nicht zu mir zu kommen, sondern Ihr Märchen erst einmal an Puck auszuprobieren. Und Sie haben nur genau so viel verraten, wie wir durch Nachforschungen in Östersund auch selbst herausgefunden hätten. Mir kam das alles ein wenig spanisch vor, außerdem schien mir die Kombination aus Arne Sandells Herzensbrecher-Charme und Ihrem einsamen Dasein für einen Heiratsschwindel wie gemacht. Doch vor allem beschäftigte mich der Umstand, dass Arne Sandell, ein mittelloser Taxifahrer, Sie im Winter 1943 kennengelernt hatte und im darauffolgenden Frühling plötzlich fünfzigtausend Kronen aus dem Hut zauberte. Aber ich kam mit meinen Überlegungen nicht sonderlich weit. Der Makler, der neue Besitzer Ihres väterlichen Hofs, die Steuerbehörden, Ihre Bank – alle bestätigten, worauf Sie so hartnäckig bestanden: Dass Ihnen, nachdem die Schulden Ihres Vaters beglichen waren, vom Erbe nur fünftausend Kronen blieben. Und diese fünftausend liegen – inzwischen mit Zinsen – noch immer auf Ihrem Sparkonto. Wie in Herrgotts Namen haben Sie Arne Sandell *die zehnfache Summe* leihen können? All Ihre ehemaligen Nachbarn gaben zwar an, Ihr Vater sei ausgesprochen knauserig gewesen, aber er kann doch nicht...«

Hjördis runzelte ihre geraden dunklen Brauen.

»Haben die Ihnen denn nicht gesagt, dass er ein Sonderling war?«, fragte sie tonlos. »Ich durfte mir nie etwas Neues zum Anziehen kaufen, und unser hübscher Hof verkam, weil er nicht einmal zehn Kronen für Reparaturen oder Neuanschaffungen opfern wollte. Er hortete das Geld unter seiner Matratze und in einem alten Eckschrank, aber anstatt damit Saatgut oder Futter zu kaufen, stockte er die Hypotheken und Kredite auf. Das alles wusste ich natürlich, aber ich hatte ja keine Ahnung, dass er auf diese Weise fünfzigtausend Kronen zusammengekratzt hatte. Als ich nach seinem Tod aufräumte, fand ich das Geld. Um ehrlich zu sein, wurde mir erst einmal angst und bange. Er hatte das Geld ja nie versteuert; wahrscheinlich ist das auch der Grund, warum er dieses Versteckspiel überhaupt betrieb, er wollte keine Steuern zahlen. Ich habe mich nicht getraut, mit meinem Fund zur Bank zu gehen oder ihn anzumelden, weil ich einen schrecklichen Skandal befürchtete. Also hielt ich das Geld versteckt – um damit eines Tages ein Kurzwarengeschäft zu eröffnen. Aber dann kam Arne...«

Mit einer müden Handbewegung strich sie sich durch ihr glänzendes Haar.

»Ich glaube nicht, dass er mich absichtlich betrogen hat. Wir hatten vor zu heiraten, schon bevor das Geschäft hier in Västlinge zum Verkauf stand. Es war meine Idee, ihm das Geld zu leihen, nicht umgekehrt. Nachdem er das Geschäft übernommen hatte, schrieb ich ihm und hakte wegen der Hochzeit nach. Da bekam er kalte Füße. Er erfand jede Menge Ausflüchte, warum die Heirat aufgeschoben werden müsse, und währenddessen traf er

Barbara und verliebte sich Hals über Kopf in sie. Aber ich habe Puck die Wahrheit gesagt, ich habe die Trennung tatsächlich mit Fassung getragen. Im Grunde hatte ich meinem ungewohnten Glück wohl nie wirklich getraut. Aber ich wollte natürlich mein Geld zurück. Und das war nicht leicht. Auch diesbezüglich war Arne um keine Ausrede verlegen: Das Geschäft werfe noch nicht genug ab, er müsse erst einmal seine finanzielle Situation stabilisieren und so weiter. Es gab zwar keinen Schuldschein, aber dafür hatte ich einige aussagekräftige Briefe. Ich nehme an, ich hätte damit einen Anwalt aufsuchen können, aber das wollte ich nicht, schließlich war ich selbst auf so ungewöhnliche Weise zu dem Geld gekommen. Außerdem war ich dumm genug zu glauben, er käme tatsächlich kaum über die Runden. Erst als ich im Januar herzog und mit eigenen Augen sah, wie gut er und Barbara es sich gehen ließen, begriff ich, dass ich nach Strich und Faden belogen worden war. Und da reichte es mir. Arne hatte fürchterliche Angst, Barbara könnte von dieser unliebsamen Geschichte erfahren, und das war mein wirksamstes Druckmittel. Ich zwang ihn dazu, mir jeden Monat eine bestimmte Summe zu zahlen, und darüber scheint er in seinem Kalender detailliert Buch geführt zu haben; über das Jahr habe ich exakt achttausend Kronen von ihm erhalten, weitere viertausend Kronen wären an Weihnachten fällig gewesen. Deshalb schrieb ich ihm ja auch, ich wolle ihn am 23. Dezember um acht Uhr auf dem Friedhof treffen, aber ... er kam nicht.«

Sie brach ab, und mit Augen, die so klar waren wie

Wasser, fragte sie: »War ich etwa nicht im Recht? War es nicht *mein* Geld?«

Christer hatte seine kalte Pfeife in den Mund gesteckt. Anstatt auf ihre Fragen zu antworten, murmelte er: »Wenn ich das alles doch nur gewusst hätte. Dann säßen Sie schon längst im Gefängnis, und Barbara Sandell wäre noch am Leben. Aber wie sollte man die Existenz von fünfzigtausend Kronen erahnen, die es offiziell nicht gibt?«

Hjördis' Miene veränderte sich plötzlich. Sie blickte Christer an, als hätte sie etwas Unerwartetes und Überwältigendes gesehen.

»Heißt das etwa... Sie haben auf der Treppe nur geblufft? Sie *hatten* gar keine Beweise gegen mich in der Hand? Nichts, wofür Sie mich hätten verhaften können?«

»Oh doch«, entgegnete Christer schleppend. »Ich hätte Sie jederzeit für den Mordversuch an Lotta festnehmen können. Aber ansonsten, das gebe ich zu, existierten keine stichhaltigen Beweise. Nur viele kleine Details, die auf Sie hindeuteten und die mein Misstrauen geweckt hatten, aber nichts, wofür Sie gerichtlich hätten belangt werden können.«

Er zog nachdenklich an seiner immer noch kalten Pfeife.

»Als ich am Morgen des ersten Weihnachtstags hier ankam, gab es verschiedene Personen, die höchst unerfreut waren, mich zu sehen. Aber niemand war so nervös wie Sie; ich sehe Ihre zitternde Hand noch vor mir, als Sie mir Kuchen servierten. Das passte nicht zu Ihrer sonst so korrekten Art und Beherrschung. Da ahnte ich, dass Sie etwas zu verbergen hatten. Aber dann rissen Sie sich zusammen und tischten mir während des ersten Verhörs auf überzeugende Weise die Lüge auf, Sie seien Arne Sandell noch nie begegnet. Dies revidierten Sie Puck gegenüber, aber Ihr kleines Liebesmärchen war so belanglos und unschuldig, dass mir nicht einleuchten wollte, warum Sie überhaupt ein Geheimnis daraus gemacht hatten. Steckte womöglich mehr dahinter? Etwas, das Sie sowohl zu Ihrer impulsiven Lüge als auch zu Ihrer plötzlichen, durchaus berechnenden Aufrichtigkeit verleitet hatte? Laut Puck waren Sie außerdem auffällig aufgebracht, als Sie erfuhren, dass Lotta eines Ihrer Treffen mit Arne auf dem Friedhof beobachtet hatte. Warum? Was steckte dahinter? Warum durften wir nichts davon wissen?«

Christer hielt inne und betrachtete sie forschend.

»Möchten Sie uns verraten, was Sie tatsächlich zu Arne sagten? Wenn ich mich recht entsinne, lautete Lottas Version: ›Ich lass dich nicht gehen, bevor du meine Haut mit tausend Küssen benetzt hast, oh, du mein heimlicher Geliebter bis in alle Ewigkeit!‹ Uns allen ist klar, dass Sie sich etwas weniger blumig ausgedrückt haben. Um ehrlich zu sein, bezweifle ich, dass Sie ihn überhaupt mit irgendwelchen Liebesschwüren überschütteten. Dafür scheinen Sie mir viel zu beherrscht und stolz ...«

Hjördis lächelte schwach.

»Wenn ich mich recht erinnere, habe ich gesagt: ›Ich lasse dich nicht in Ruhe, bevor du mir jeden einzelnen Tausender zurückgezahlt hast. Ich habe dich einmal geliebt, aber das ist lange her. Und ich werde nicht länger die Barmherzige spielen.‹ Entweder hat Lotta nur Bruchstücke aufgeschnappt oder die Fantasie ist wieder einmal mit ihr durchgegangen.«

Christer nickte nachdrücklich.

»Das war auch mein größtes Problem. Der Hauptgrund, weshalb ich Sie in Verdacht hatte, war nämlich, dass Lotta behauptete, *Ihr Mantel sei am Heiligabend fort gewesen.* Nun gut, Lottas Aussagen würden sicher vor keinem Gericht der Welt standhalten. Allerdings konnte ich mir nicht vorstellen, dass sie ein so konkretes Detail wie einen verschwundenen Mantel erfunden hatte; ihr mangelndes Zeitgefühl hingegen stand außer Zweifel. Wenn Lotta behauptete, der Mantel sei um Viertel nach vier nicht da gewesen, konnte es ebenso gut Viertel vor fünf, fünf oder Viertel nach fünf gewesen sein. Ich schätze, unser Gerede über Minuten und Stunden hatte sie dazu verleitet, selbst mit exakten Zeitangaben glänzen zu wollen. Aber wenn Lottas Aussage zutrifft, *wenn* Sie fort waren, Fräulein Holm, wo waren Sie dann?«

Die simple Frage verbreitete plötzlich eine bedrückende Kälte im Raum. Unsere Gedanken schweiften zurück zu jenem Nachmittag vor einer Woche. Tord hatte Krankenbesuche gemacht. Einar, Vater und ich waren in unseren Zimmern im Obergeschoss gewesen. Um halb fünf hatte Einar sich in der Küche noch ein Butterbrot geholt, aber danach war Hjördis eine Stunde lang allein und unbeobachtet im Erdgeschoss gewesen. Sie hatte sich ihren Mantel übergeworfen und... war hinausgelaufen, quer über die Landstraße...

»Vom Küchenfenster aus haben Sie beobachtet, wie

Arne in seinem Büro das Licht anmachte«, fuhr Christer unverdrossen fort. »Was dann passierte, lässt sich nun leicht rekonstruieren. Sie hatten eine weitere Rate von ihm verlangt, aber als Sie am Vorabend um neun Uhr auf ihn gewartet hatten, war er nicht gekommen. Nun konnten Sie davon ausgehen, dass er sich in seinem Büro aufhielt, vermutlich um den beträchtlichen Weihnachtsumsatz abzurechnen. Aus einem Impuls heraus eilten Sie hinüber. Sie klopften an sein Fenster, und Sandell, der befürchtete, Barbara könne etwas mitbekommen, ließ Sie rasch durch den Ladeneingang hinein. Warum Sie sich dann in der Ecke zwischen den zwei Tresen aufhielten, ist mir jedoch ein Rätsel ... «

»Es gab keine Rollos in seinem Büro«, sagte Hjördis sachlich, »deshalb wollte er in Connie Lundgrens kleine Kammer gehen. Aber schon auf dem Weg dorthin gerieten wir in einen heftigen Streit. Wir sagten furchtbar grässliche Dinge zueinander. Ich war frustriert, weil ich meine viertausend Kronen nicht bekam, er nannte mich eine Blutsaugerin und meinte, er würde mir keine Summe auszahlen, die höher sei als ein Monatsgehalt. Dann drohte ich ihm mit einem Anwalt und ließ auch das Wort Heiratsschwindel fallen. Da verlor er die Beherrschung und schlug mir ins Gesicht. Ich habe noch nie zugelassen, dass mich jemand schlägt; nicht einmal Vater hatte das gewagt, er wusste, wie ich reagieren würde. Ich ... ich stürzte gegen die Wand, und als ich mit den Händen Halt suchte, bekam ich eine Axt zu fassen. Und dann ... ja, was dann passierte, weiß ich nicht mehr. Ich muss die Axt genommen haben und ... «

»Und leider«, ergänzte Christer, »hatten Sie Übung im Gebrauch eines solchen Werkzeugs. Ein weiteres Indiz, das gegen Sie sprach... Nun denn, danach wischten Sie die Axt ab, löschten das Licht und verließen den Laden durch die Eingangstür, die sich nicht von außen zusperren lässt. Sie müssen den Hof gerade rechtzeitig verlassen haben, ehe Mårten Gustafsson aus dem Haus kam.«

Ich erinnerte mich daran, wie ich, ungefähr eine Stunde nach dem Mord, das korrekte Fräulein Holm ungewöhnlich aufgeregt vorgefunden hatte. Entsann mich ihrer Nervosität, als Barbara an der Tür klingelte, und sah sie vor mir, wie sie im Salon saß und über Arne Sandells mysteriöses Verschwinden redete, mit Wangen so blass wie ihr adretter Spitzenkragen. Und trotz allem hatte sie ihre Rolle der Gastgeberin und Haushälterin so perfekt gespielt. Oder womöglich *zu* perfekt? Hatte sie sich an ihre Contenance geklammert, um sich selbst daran zu hindern, an das unwiderrufliche Unglück zu denken?

Aber jetzt, da das Spiel aus und das Geständnis abgelegt war, verlor sie doch die Beherrschung. Sie schlug die Hände vors Gesicht und brach in Tränen aus.

Da Christers Arbeit hiermit erledigt war, übernahm, als hätten sie es abgesprochen, Tord.

»Wenn ihr uns bitte kurz allein lassen würdet«, sagte er ruhig. »Ich möchte gern unter vier Augen mit Hjördis sprechen. Es wird nicht lange dauern.«

Wortlos und erschüttert stiegen wir die Treppe hinab und gingen in den Salon. Christer entschuldigte sich, um zu telefonieren, ich kümmerte mich um das Feuer im Kachelofen, und Einar machte sich am Radio zu schaffen.

Zerstreut lauschten wir Schuberts siebter Symphonie, *Die Unvollendete*. Als Christer dazukam, steckte er endlich seine Pfeife an und stieß einen tiefen Seufzer aus.

»Mach nicht so ein trauriges Gesicht«, sagte ich. Es war ein schwacher Versuch, uns alle aufzumuntern. »Es ist vorbei. Zumindest können wir damit aufhören, jeden Menschen um uns herum zu verdächtigen.«

»Das war ein eigenartiger Fall«, bemerkte Vater nachdenklich. »Vieles hat für Hjördis Holms Schuld gesprochen, aber, soweit ich es beurteilen kann, gab es ebenso starke Indizien, die auf den trinkfreudigen Lundgren hindeuteten. Und in gewisser Weise auch auf Frau Motander.«

»Sehr richtig«, stimmte ihm Christer zu. »Eine Weile war ich tatsächlich im Glauben, alles ließe sich bis zu Gerhard Motanders Tod zurückverfolgen. Ich nahm an, Arne Sandell hätte sich das Geld von Motander geliehen, und nach der Autofahrt ins Krankenhaus hätte Tekla Motander ihn von seiner Schuld entbunden, damit er schweigen würde. Aber womöglich hatte Sandell sie dennoch erpresst, bis sie es schließlich leid war und ihn unschädlich machen wollte. Weder unter faktischen noch unter logischen Gesichtspunkten spräche etwas gegen diese Theorie. Und natürlich gab es fast genauso viele Momente, in denen ich felsenfest davon überzeugt war, der Mord und der Diebstahl gingen auf Connie Lundgrens Konto. Erst nachdem das Rätsel um das Kirchensilber gelöst war, sah ich etwas klarer.«

»Ob wir wohl jemals die Wahrheit über Gerhard Motanders Blinddarmentzündung erfahren werden?«, fragte Einar.

»Das wage ich zu bezweifeln. Vielleicht ist Tekla Motander ja völlig unschuldig. Vielleicht bat sie Arne Sandell nur deshalb um Stillschweigen, weil sie Angst davor hatte, die Fieberfantasien ihres Mannes könnten missverstanden werden.«

Weiter kam er nicht, denn da stürmte Lotta in den Salon. Ihr kleiner Körper in dem blauen Pyjama zitterte vor Verzweiflung und Müdigkeit, und ihr Gesicht war schmutzig und voller Tränen.

»Sie ist weg. Weg! Und im Flur steht ein Onkel, der behauptet, er hätte sie in einer Schneewehe draußen auf der Landstraße gesehen.«

Schluchzend warf sie sich in meine Arme, und der »Onkel«, vermutlich ein Polizist, der Hjördis Holm abholen sollte, schaute mitleidig zur Tür herein.

Christer erhob sich und strich Lotta über das dunkelblonde Haar.

»Schon gut, Kleines. Ich verspreche dir, ich werde ein paar Männer losschicken, damit sie nach ihr suchen. Und die sind gut, wenn es darum geht, etwas aufzuspüren. Glaub mir!«

Er verschwand in Begleitung des Polizisten, und allmählich verebbten Lottas Schluchzer, während sich die Schubert-Symphonie ihrem unvollendeten Ende näherte. Tord kam in den Salon, trat schweigend ans Fenster und blickte hinaus in die Dunkelheit. Dorthin, wo der Friedhof lag. Schließlich wandte er sich zu uns um und sagte: »Ich wäre euch dankbar, wenn ihr Lotta schon mal mitnehmen könntet. So schnell ich kann, werde ich mich vom Dienst beurlauben lassen, nach Uppsala ziehen und mit meiner Dissertation beginnen.«

»Ausgezeichnet.«

Nur wer Vater sehr gut kannte, konnte ihm anmerken, wie froh und erleichtert er war.

»Ihr könnt bei mir in Kåbo wohnen. Meine Frau Andersson ist eine Perle, sie wird sich um dich und Lotta kümmern. Und dann suchst du dir eine Stelle an einem etwas weniger verwunschenen Ort...«

All das interessierte Lotta herzlich wenig. Sie kauerte sich in meinem Schoß zusammen. Angespannt und ungeduldig.

Im Radio trug der beliebte Schauspieler Anders de Wahl, so wie es am Silvesterabend Tradition war, Alfred Tennysons Gedicht *Klingt, wilde Glocken* vor.

Und dann, just bei »Das alte Jahr stirbt heute Nacht«, wurde die Tür aufgerissen, und der Pfeife rauchende Christer trat gemächlich ein. Er streckte seine Hand aus und gab den Blick auf ein weißes, nasses und vom Wind zerzaustes Fellbündel frei.

Lotta sprang von meinem Schoß, und ihre Augen strahlten so hell wie Weihnachtssterne.

»Oh!«, flüsterte sie.

Nofretete sperrte ihr rosafarbenes Mäulchen auf und antwortete ihr mit einem zaghaften: »Miau?«

Im Hintergrund drängten sich einige freundlich grinsende Polizisten.

Die Uhr schlug Mitternacht.

Das alte Jahr war vorüber.

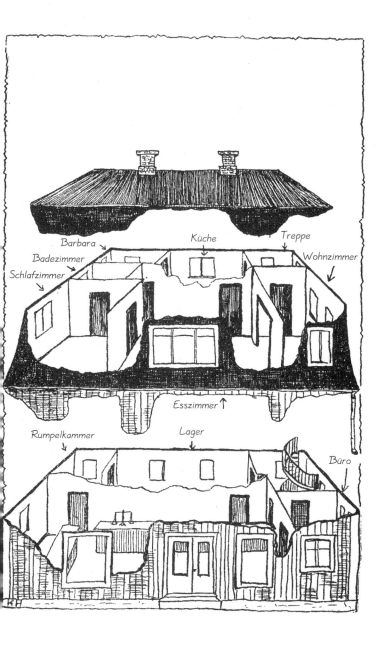

Die Originalausgabe erschien 1954 und 2013 unter dem Titel
Tragedi på en lantkyrkogård bei Norstedts, Stockholm.

Sollte diese Publikation Links auf Webseiten Dritter enthalten,
so übernehmen wir für deren Inhalte keine Haftung,
da wir uns diese nicht zu eigen machen, sondern lediglich auf
deren Stand zum Zeitpunkt der Erstveröffentlichung verweisen.

Verlagsgruppe Random House FSC® N001967

1. Auflage
Taschenbuchausgabe Dezember 2017
Copyright © 1954 & 2013 Maria Lang und Norstedts, Stockholm
Copyright © der deutschsprachigen Ausgabe 2015 bei btb Verlag
in der Verlagsgruppe Random House GmbH,
Neumarkter Straße 28, 81673 München
Covergestaltung: semper smile, München
Covermotiv: semper smile
Druck und Einband: GGP Media GmbH, Pößneck
MP · Herstellung: sc
Printed in Germany
ISBN 978-3-442-71580-0

www.btb-verlag.de
www.facebook.com/btbverlag